프란치스코와
프란치스코

세계를 뒤흔든 교황,
그 뜨거운 가슴의 비밀

글 **김은식** | 그림 **이윤엽**

프란치스코와
프란치스코

이상한
도서관

뉴스에는 주가 지수가 2포인트 떨어졌다는 소식은 나오지만,
늙고 가난한 사람이 노숙을 하다가 죽었다는 소식은 나오지
않습니다. 어떻게 이럴 수가 있습니까?

'살인하지 말라.'라는 십계명이 인간의 생명을 지키기 위한
분명한 명령이었던 것처럼, 오늘날 배제와 불평등의 경제도
우리는 분명히 거부해야 합니다. 이런 경제는 사람을 죽이고
있기 때문입니다.

어떻게 사람들이 굶어 죽어 가고 있는데 다른 한쪽에서는
음식이 버려지는 상황을 계속 지켜만 보고 있을 수 있습니까?
이것은 배제의 사회이며 불평등의 사회입니다. 오늘날 경쟁과
적자생존의 법칙에 의해 모든 것이 지배되고 있습니다.
힘 있는 사람이 힘없는 사람을 착취하면서 많은 사람들이
배제되고 비참한 상태로 떨어지고 있습니다.

돈은 봉사의 수단이지, 지배자가 되어서는 결코 안 됩니다.

— 프란치스코 교황

세간의 예상을 뒤엎고 제266대 교황으로 선출된
아르헨티나의 베르고글리오 추기경!

최초의 아메리카 대륙의 교황이자
1202년만의 비유럽권 출신의 교황!
전 세계 '페이스북'에서 가장 많이 언급된 인물 1위,
미국 〈타임〉지가 선정한 2013년 '올해의 인물'.

그런 그가 역사상 최초로 교황명으로 선택한
천 년 전 한 성자의 이름,
프란치스코 Francisco!

이탈리아의 도시 아시시에서 부잣집 아들로 태어나
좋은 음식에 화려한 옷에 그 모든 호사를 누렸지만
어느 날, 스스로 모든 것을 벗어던지고
가난하고 힘없는 이들을 위한 삶을 택했던
아시시의 성 프란치스코!

아버지에게 받았던 모든 것을 되돌려 주는 성 프란치스코(조토 디 본도네, 성 프란치스코 성당 벽화)

성 프란치스코가 가난한 사람에게 옷을 벗어 주는 모습(조토 디 본도네, 성 프란치스코 성당 벽화)

"자신의 재산을 가난한 사람들과 나누지 않는 것은
결국 그들에게서 재산을 훔친 셈이 되는 것이며
그들의 삶을 빼앗는 것이다.
우리가 가진 재산은 내 것이 아니라 그들의 것이다."

— 아사시의 성 프란치스코

"그날 먹을 것 이외에 어떠한 것도 미리 구하지 말라!"

가장 밑바닥에 있는 이들의 손을 붙잡고 함께 갔던
프란치스코!
어떠한 잉여도, 불필요한 소유도 허락지 않았던 그의 정신은
훗날 많은 이들을 같은 길로 이끌었다.

성 프란치스코가 나병 환자를 돌보고 있는 모습을 담은 동상(성 프란치스코 성당)

성 프란치스코를 기념하기 위해 지어진 아시시의 성 프란치스코 성당

그가 죽은 지 2년 뒤인 1288년 가톨릭 성인으로 추대되고
300년 뒤 성공회 교회에서도 성인으로 추대,
다시 수백 년이 흐른 1939년 이탈리아 수호성인으로,
또 1980년대 생태학자들의 수호성인으로 추대되었다.

다시 천 년 후,
원주민들의 대륙 아메리카에서 태어나
평소 가난하고 병든 이들과 함께 지내는 삶을 추구했던
아르헨티나의 베르고글리오 추기경.

그는 탱고를 좋아하고, 축구에 열광하는
전형적인 아르헨티나 사람이기도 했지만,
지하철을 즐겨 타고, 작은 차를 애용하며,
낡은 구두를 신고 다니는
검소하고 소박한 사람이기도 했다.

지하철을 자주 이용했던 교황 프란치스코의 추기경 시절 모습

베르고글리오 추기경이 교황으로 선출되던 날,
바로 곁에 있던 한 추기경이 말했다.

"항상 가난한 이들과 함께 하세요."

추기경 시절부터 그 누구보다 소박했고
늘 약자와 함께하려 했던 그는
곧바로 '아시시의 성 프란치스코'를 떠올렸다.
평생을 가난한 이들과 함께했던
아시시의 프란치스코는
그렇게 교황의 이름이 되어 돌아왔다.

아프리카 난민들의 고충을 듣고 있는 교황

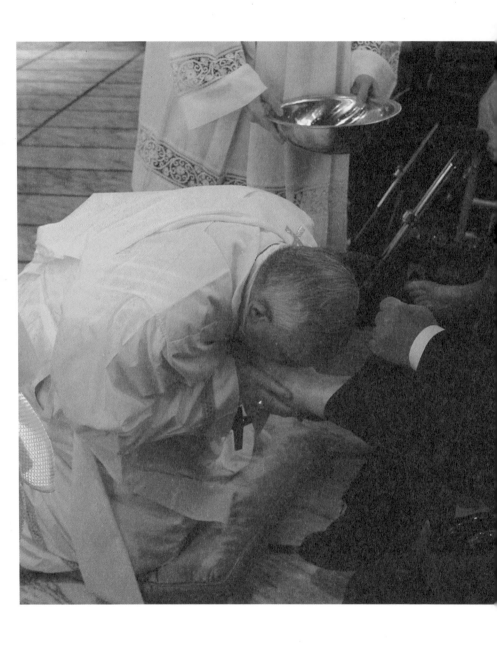

수백 년,
수천 년이 지난 어느 날에도
가장 가난하고 가장 힘없는
이들과 함께했던 그 이름들을
우리는 부르고 또 기억할 것이다.

프란치스코, 그리고 프란치스코!

차례

프롤로그
람페두사와 세월호, 그리고 두 명의 프란치스코
27

1
콘클라베
35

2
새 교황 프란치스코
45

3
아시시의 프란치스코
57

4
기사와 거지
65

5
가난과 함께
77

6
이웃과 함께
91

7
생명과 함께
101

8

잘 썩은 밀알

111

9

이민자 청년 베르고글리오

131

10

사제가 되어

141

11

추기경 베르고글리오

149

12

교황 프란치스코

159

13

가난한 이의 친구

167

14

변화를 이끄는 리더

181

15

프란치스코, 그리고 프란치스코

189

람페두사와 세월호,
그리고 두 명의 프란치스코

2013년 10월 3일, 이탈리아 시칠리아 앞바다의 아름다운 섬 람
페두사에서 불과 800미터 떨어진 바다에 배 한 척이 기관 고장
으로 멈춰 섰다. 무려 500명이 넘는, 아프리카 소말리아와 에리
트레아 출신의 난민들이 빼곡히 타고 있던 20여미터 크기의 조
그만 고깃배였다. 그 배는 그 자리에서 한나절이나 발이 묶인 채

도움을 요청했지만 무시당했다. 결국에는 궁여지책으로 갑판 위에 불을 지펴 연기를 피우기도 했다. 하지만 역시 아무에게도 도움을 받지 못한 데다가, 불이 잘못 번지면서 당황한 난민들이 우왕좌왕하는 통에 배가 통째로 전복되어 버리고 말았다.

섬이 지척인 곳이었기에 그들을 목격한 사람도 많았고, 주변으로 지나는 배들도 많았다. 하지만 그중 아무도 그 배에 도움의 손길을 내밀지 않았다. 심지어 어떤 이들은 휴대 전화를 꺼내 물에 빠져 허우적대는 이들의 모습을 유유히 촬영하기까지 했다. 이러한 일이 일어난 가장 큰 이유는 불법 이민자의 입국을 불허할 뿐만 아니라 그들을 돕는 자국민까지도 처벌하겠다는 냉정한 이탈리아의 법 때문이었다. 하지만 그 이면에는 국적과 피부색이 다르다는 이유만으로 본능적인 측은지심마저 마비되어 버리고 말았던 현대인의 몰염치가 자리 잡고 있었다.

사고 직후 섬을 찾은 프란치스코 교황은 그것을 '부끄러운 비극'이라고 표현했다. 그리고 통탄하고 개탄했다. 그해 연말 교황은 '돈이 우리 자신과 사회의 주인이 되는 현실을 그냥 받아들이지 말아 달라.'라는 내용의 권고문을 작성해 세상에 배포했다. 그것은 뼈아픈 현실을 직시하고 바로잡자는 절절한 메시지였다.

그로부터 반년 뒤, 한국의 진도 앞바다에서 또다시 한 척의 배가 전복되는 사고가 일어났다. 난민이 아닌 수학여행 길의 고등학생들을 포함한 500명에 가까운 여행객들이 타고 있었고, 20미터짜리 고깃배가 아닌 어엿한 객실과 오락 시설과 구명 장비를 완비한 145미터 크기의 거대한 여객선이었다. 외국도 아닌 자국의 연안을 따라 항해하던 그 배는 전혀 있을 수 없는 장소에서 있을 수 없는 방식으로 전복되어 침몰했다. 그리고 전혀 있을 수 없는 방식의 구조 작업 끝에 대부분의 승객을 물속에 수장시켜 버리고 말았다. 그 밖에도 유족들은 전혀 있을 수 없는 방식의 매도를 당하고 괴롭힘을 당했으며, 국민들은 그러한 충격적인 현실에 슬퍼하다가 결국 있을 수 없는 방식의 결론을 지켜보며 깊은 무력감을 나눠 가져야 했다.

불과 반년 사이, 지중해와 서해 바다에서 벌어진 서로 지독히 다르면서도 잔인하게 닮은 두 사건 사이에서 우리는 인간의 본질에 대해 생각하고, 사회의 의미에 대해 성찰하게 된다. 인간은 존귀한 존재이며, 인간의 생명은 모든 것에 앞서는 가치를 가진 것이라는 인식은 수천 년 인간 사회를 지탱해 온 가장 기본적인 가치였고 믿음이었음이 분명하다. 하지만 외국인이고 불법 이민자라는 이유로, 혹은 화물을 조금이라도 더 실어서 이윤을 늘려야 한다는 이유로, 안전을 위한 규제보다는 기업의 돈벌이와 경제 살리기가 더 중요하다는 이유로 사람의 생명에 대한 존중마저도 무너지는 현실은 어디에서 비롯된 일일까? 구조 과정에서 몇 푼의 떡고물이라도 챙기려 하거나 사고 현장에서 사진이나 남겨서 정치적으로 이용하려는 이들, 또 그러한 고관대작들을 대접한답시고 정작 사람 살리는 일은 뒷전인 현실. 도대체 우리는 어떻게 이렇게 뻔뻔한 세상 속에서 살게 된 것일까?

지독하게도 뒤틀리고 꼬여 있는 이 수치스러운 비극 앞에서

야 우리는 새삼 그런 생각들을 한다. 사실 역사 이래로 한순간도 거르지 않고 이어지고 있는 내전과 질병, 자연재해와 가난은 지금도 수많은 아이와 여자, 노인과 죄 없는 사람들을 죽음 저편으로 내몰고 있다. 하지만 현대인들은 그러한 현실 따위는 단지 눈살을 찌푸리며 텔레비전 채널을 돌려 버리는 것만으로도 간단히 외면해 버릴 수 있다. 그만큼 우리의 마음 구석구석은 모두 돌처럼 단단하게 굳어져 버린 것이다.

바로 이때, 교황의 언행은 세상에 대해 묵직한 파열음을 던지며 우리에게 다가온다. 그는 크게 보는 이들에게는 유일신 하느님과 그리스도의 대리자일 것이고, 작게 보는 이들에게는 일개 종교의 지도자에 불과할 것이다. 하지만 그 모든 것을 떠나서 세상은 그가 교회의 문턱을 넘어 세상을 향해 던지는 호소와 조언에 귀를 기울인다. 신의 계시에 의한 것이건, 한 명의 인간으로서의 성찰과 성숙에 의한 것이건, 그것은 오늘날 인간이 인간으로서 살아가기 위해 반드시 되새겨야 할 목소리이기 때문이다.

섬기는 교회는 다르지만, 나 역시 하느님의 뜻이 단죄보다는 사랑에 있다는 교황의 생각에 전적으로 공감한다. 그리고 우리가 부모라는 존재를 통해 한 조각이나마 상상할 수 있는 것이 그 하느님의 사랑이라면, 그분의 뜻 밖에 있는 이들이라 하더라도 내몰고 배제하고 처벌하는 형제보다는 감싸 안고, 입 맞추고, 씻겨 주고, 치료하고, 가진 것을 내주는 형제를 더 대견하게 여기라는 생각에 전적으로 동의한다.

천 년 전, 스스로 가난한 이가 되어 하느님이 창조한 모든 것을 온몸으로 사랑한 삶을 보여준 프란치스코가 있었고, 오늘날 여기 그 뜻을 이어받아 겸손과 자비와 포용의 힘으로 교회의 얼굴을 바꾸어 나가는 프란치스코가 있다. 그들과 같은 울타리 안에 있는 이들이 아니더라도, 그들의 얼굴을 마주보며 이야기를 나누어 보는 것은 충분히 가치 있는 일이라고 믿는다. 그것은 어느 종교의 신자이기에 의미가 있고 신자가 아니기에 의미가 없는, 그런 종류의 생각이나 말, 삶이 아니기 때문이다.

그런 생각과 그런 마음으로 쓴 글이다. 거칠고 비루한 문장이나마, 그 안에 담은 두 사람의 진심에 공감하며 읽어 주는 분들이 있다면 기쁨이고, 영광일 것이다.

1

콘클라베

"교회를 다스리고, 복음을 전파하기 위해서는 영적으로든 신체적으로든 강건해야만 합니다. 하지만 저는 이제 너무 많은 나이와 그로 인해 나빠진 건강 때문에 더 이상 이 직분을 감당할 수 없게 되었다는 판단을 내리게 됐습니다."

2013년 2월 11일, 바티칸과 로마의 추기경들은 새로이 세 명을 성인(聖人)으로 추대하는 일을 의논하기 위해 교황청 회의실에 모여 있었다. 그리고 별다른 이견 없이 안건이 통과되며 회의가 마무리되자 자리에서 일어서려고 하고 있었다. 하지만 안건 외에 한 가지 더 할 이야기가 있다며 잠시 기다려 달라는 교황의 말에 다시 자리에 앉았던 추기경들은 갑작스러운 교황 베네딕토 16세의 사임 선언에 얼어붙은 것처럼 굳어 버리고 말았다. 깜짝 놀라 가만히 번갈아 서로의 얼굴을 마주볼 뿐, 아무도 입을 열지 못했다.

전 세계 천주교회를 이끄는 최고 지도자인 교황이 스스로 자리에서 물러나는 일은 무려 600여 년 동안이나 한 번도 일어나지 않은 아주 희귀한 일이었다. 말하자면 그 자리에 있던 추기경들은 교황이 스스로 물러나려고 한다는 사실 때문에도 놀랐지만, 교황이 스스로 물러나는 것이 과연 가능하긴 한 일인가 싶어 어리둥절하기도 했던 것이었다. 교황의 자리에 오르면 생명이 다하는 순간까지 그 자리를 지키며 충성하는 것이 교황의 특권이자 의무였고, 그것은 오랫동안 이어져온 관행이었다. 그래서 바로 전 대의 교황이었던 요한 바오로 2세는 마지막 10여 년 동안 파킨슨 씨 병에 시달려 거의 움직이는 것도 힘겨워하는 지경에서도 선종하는 그 순간까지 그 자리를 지키지 않았던가?

어쨌거나 교황이 자신의 문제에 대해 깊이 고민한 끝에 그 결과를 추기경들 앞에서 공표했다면, 그것은 이미 더 이상 누가 나서서 막을 수 있는 일도 아니었다. 교황은 교회 안에서 누구보다도 우선하는 결정권을 가진 사람이고, 그가 내리고 공식적으로 선언한 결정은 그 자신이라고 해도 함부로 뒤집을 수 있는 것이 아니기 때문이다. 교황이 은퇴한다는 소식은 곧 신문, 방송, 인터넷을 통해 전 세계로 퍼져 나갔다. 그리고 천주교인들뿐만 아니라 전 세계의 수많은 사람들이 그 자리에 있던 추기경들과 마찬가지로 충격과 놀라움에 빠져 들었다. 교황이란 그만큼 종교적으로도, 그리고 사회적으로도 전 세계에 커다란 영향을 끼치는 중요한 사람이기 때문이었다.

교황은 세계 천주교회의 교리와 조직을 이끌어 가는 사람을 말한다. 예수 이후에 그의 뜻을 이어받았다고 주장하는 이들이 곳곳에서 난립하기 시작하자, 정통을 세울 필요성을 느낀 이들이 만든 것이 교황이라는 제도였다. 예수의 뜻을 이어받아 로마에 처음으로 교회를 세웠던 그의 수제자 베드로를 초대 교황으로 보고, 그 뒤를 이어 교회를 이끌어 나갈 최고 지도자를 뽑아 교황으로 추대하고 그에게 교회 운영과 신학적 판단에 대한 최종적인 결정권을 맡겨왔던 것이다. 물론 오랜 세월이 흐르는 동안 동방 정교, 성공회, 개신교 등이 갈라져 나가면서 교황을 인정하고 따르는 것은 흔히 구 교회, 혹은 가톨릭교회라고도 부르는 천주교회에 국한되어 있다. 하지만 교황의 영향력은 천주교회 안에만 머무는 것은 아니다. 그렇게 갈라져 나간 교파들을 모두 통칭해서 일컫는 '기독교' 인구 중에서 천주교인들이 절반 이상을 차지할 정도로 천주교회는 여전히 가장 큰 비중을 차지하고 있다. 또 확실한 구심점 없이 활동하는 개신교 같은 교단의 경우에는 집중적이고 실질적인 권한을 가지고 교회와 교인 전체를 이끌어가는 교황에 비견할 만한 지도자 자체가 없다. 따라서 교황은 단순하게 한 가지 종교를 대표하는 수장에 머무는 것이 아니라, 지구상에서 가장 많은 사람들에게 직접적인 영향을 미치며 그럼으로써 세계 거의 모든 나라와 인류에게 간접적인 영향을 미치는 유일한 지도자로서의 위상을 가지고 있다고 할 수 있다.

따라서 그런 엄청난 책임과 권한을 가지는 교황은 일단 선출되면 죽을 때까지 그 자리를 지키며 일을 하는 것이 보통이다. 그래서 실제로도 교회가 심하게 타락했던 1415년에 교황 그레고리 6세가 성직 매매와 관련한 추문에 시달리다가 황제에 의해 쫓겨나다시피 사임한 뒤로, 지난 600년 동안이나 죽기 전에 그 자리에서 스스로 내려온 교황은 단 한 명도 나오지 않았던 것이다.

베네딕토 16세 교황이 왜 그런 이례적인 결단을 내렸는지 정확히 아는 사람은, 그 자신 외에는 아무도 없다. 물론 그 스스로 너무 많은 나이와 건강 때문이라고 설명했기 때문에 그렇게 받아들일 수밖에 없을 것이다. 그가 80대 중반에 들어선 고령이라는 것도 사실이고, 실제로 오래 전부터 앓아 왔던 심장병의 여파로 그 몇 년 동안은 인공 심장 박동기에 의지해 온 것도 사실이었다. 더군다나 한쪽 눈도 거의 보이지 않을 지경이어서 주변 사람들의 부축을 받지 않고는 걷기도 힘든 최악의 건강 상태였던 것도 분명했다.

하지만 그 몇 년 사이에 바티칸 교황청의 고위 성직자들 사이에서 저질러진 여러 가지 부정부패와 성적인 비행에 관한 소문과 논란들이 번져 나가는 곤혹스러운 일들이 벌어졌던 것이 사실이었다. 그중 일부는 상당히 개연성이 있는 것으로 인정할 만한 정황들이 확인되기도 하면서 많은 이들을 걱정스럽게 만들기도 했다. 그렇게 복잡하게 얽혀 있는 잘못들을 바로잡는 어려운 일을 하기 위해서는 좀 더 젊고 능력 있는 새 교황이 필요하다는 생각을 한 것도 교황이 스스로 물러나기로 마음먹은 중요한 한 가지 이유일 거라고 추측하는 사람들이 많았다. 어쨌든 교황이 물러나기로 했기 때문에 그 뒤를 이을 새 교황을 뽑아야 했다. 교황청은 콘클라베를 소집했고, 세계 각지에서 추기경들이 콘클라베에 참가하기 위해 바티칸으로 모여 들었다.

콘클라베는 교황을 선출하기 위한 추기경단의 투표를 가리키는 말이다. 콘클라베는 바티칸 궁전 안의 시스티나 성당에 세계 여러 나라의 추기경들이 모여 3분의 2 이상의 표를 얻는 이가 나올 때까지 오전과 오후에 각각 한 번씩 투표를 계속하는 방식으로 이루어진다. 원래 콘클라베라는 말은 '문을 걸어 잠근 방'이라는 뜻의 라틴어인데, 투표를 할 때 추기경들이 모여 있는 시스티나 성당의 문을 걸어 잠가 아무도 그곳에서 나가거나 들어올수 없게 하기 때문에 붙여진 이름이다. 그렇게 외부와 완전히 단절된 채 투표에 임하는 추기경들은 바깥에 있는 사람들과 전화 통화를 하거나 쪽지를 주고받는 것은 물론이고 투표 과정을 촬영하거나 녹음하는 일도 절대로 할 수 없다. 성당 벽의 창문에마저 길게 커튼을 드리워 안에서 일어나는 일을 밖에서 볼 수 없게할 정도로 철저하게 차단된 상태에서 치르는 것이 바로 콘클라베다.

투표가 끝난 뒤에도 누가 새 교황으로 선출되었느냐 하는 결과 외에는, 그가 몇 표를 얻었고 경쟁자는 누구였으며 몇 표 차이가 났는지 등등 그 과정에서 있었던 어떤 일에 대해서도 외부에 알리는 것이 금지되어 있다. 심지어 투표가 끝날 때마다 새 교황이 결정되었는지 아닌지에 대해서도 말이나 글을 통해 바깥에 알릴 수가 없기 때문에 투표용지를 모아서 태운 연기를 성당 굴뚝 밖으로 피워 올려서 알릴 정도다. 그때 연기의 색을 달리해서 콘클라베가 끝이 났는지 아닌지에 대해 알려주는데, 성당의 지붕 위 굴뚝에서 검은 연기가 나면 아직 3분의 2 이상의 표를 얻은 후보가 나오지 않았다는 뜻이 되고, 흰 연기가 나면 새 교황이 탄생했다는 뜻의 신호가 되는 것이다. 간혹 연기의 색깔이 잘 조절되지 않아서 광장의 사람들이 오해를 하는 경우가 있어서, 요즘에는 화학 약품을 이용해서 검은색과 흰색을 확실히 구분한다고 한다.

추기경은 천주교회의 최고 성직자로서 세계 각 지역의 대교구장을 맡거나 교황청의 장관으로 일하게 되는 이들을 말한다. 교황은 바로 이러한 추기경들 중에서 뽑게 되는데, 다만 80세가 넘은 이들은 교황이 되거나 교황을 뽑는 투표에 참가할 수 없다.

콘클라베가 열리게 된 2013년 3월 12일을 기준으로 전 세계 67개 나라에는 207명의 추기경들이 있었다. 하지만 그중 90명은 이미 80세를 넘은 고령이었고, 아직 80세가 되지 않아 콘클라베에 참석할 자격을 가진 이들은 50개 나라의 117명이었다. 그리고 그중에서도 갑자기 건강이 악화된 인도네시아의 율리우스 다

르마트마자 추기경과 성 추문으로 인해 공적 행위에 참가하지 못하는 처벌을 받고 있던 스코틀랜드의 케이스 오브라이언 추기경을 제외한 115명이 콘클라베가 열릴 바티칸의 시스티나 성당으로 빠짐없이 모여 들었다.

"콘클라베에 참가할 자격이 없는 분들은 모두 나가주십시오."

교황청 전례 담당관인 귀도 마리니 추기경이 이렇게 외친 뒤 시스티나 성당의 문을 닫고 안으로부터 굳게 걸어 잠갔다. 콘클라베가 시작된 것이다. 이제 새 교황을 뽑고 콘클라베가 마무리되기 전까지 누구든 성당 안과 밖으로 드나들 수도, 전화를 하거나 쪽지를 주고받을 수도 없게 되었다.

하지만 성 베드로 성당 광장에는 전 세계에서 모여든 15만 명이 넘는 군중이 새 교황 탄생을 기다리고 있었다. 그들은 그곳을 밤낮으로 지키며 시스티나 성당 굴뚝에서 피어오르는 연기를 지켜볼 것이었다. 그리고 검은 연기가 피어오를 때마다 더욱 힘을 모아 성당 안의 추기경들이 하느님의 뜻을 올바로 알 수 있도록 해 달라고 기도할 것이고, 그러다가 흰 연기가 피어오르는 순간 환호성을 울리며 다시 감사의 기도를 올리게 될 것이었다.

콘클라베에 참석한 115명의 추기경들은 자신이 하느님을 대신해 막중한 권한과 사명을 감당하게 될 교황을 직접 선정해야 한다고 생각하며, 그리고 성당 문 밖에서 자신들이 현명한 결정을 내릴 수 있게 해 달라고 손을 모아 기도하고 있는 수십만 신도들의 마음을 생각하며 무거운 사명감을 느끼고 있었다.

2

✝

새 교황 프란치스코

콘클라베는 다른 지역이나 단체에서 하는 보통의 선거들과는
달리 시간이 아주 오래 걸리는 경우가 많다. 과반수가 아닌 3분
의 2 이상의 표를 얻는 후보자가 나와야만 당선자로 결정될 수
있기 때문이다. 더군다나 미리 후보자들이 결정되어 있는 것도
아니고 선거 운동을 하거나 서로 설득을 하거나 의논을 할 수 있
는 것이 아니어서 자연스럽게 마음이 모일 때까지 기다리며 계
속 투표를 해야만 한다. 그래서 베네딕토 16세가 교황으로 선출

되었던 지난번 2005년의 콘클라베를 포함해서 지난 100년 사이에 치러진 여덟 번의 콘클라베 중에서 여섯 번은 3일이 넘게 걸렸고, 그중에서 세 번은 열 번이 넘는 투표를 거친 끝에 교황을 결정할 수 있었을 정도였다.

사임한 베네딕토 16세의 뒤를 이을 교황을 선출하기 위한 이번 콘클라베에서도 첫날 시스티나 성당의 굴뚝에서는 두 번 모두 검은 연기가 피어올랐다. 성당 밖 광장에서는 군중들이 하느님의 뜻을 알게 해 달라며 한마음으로 기도를 하는 가운데 성당 안의 추기경들은 투표를 이어갔지만, 국적도 인종도 문화도 모두 다른 세계 각지에서 온 115명의 추기경들이 한 번에 마음을 모으기는 쉽지가 않았던 것이다.

더구나 아직 살아 있는 교황이 스스로 자리에서 물러나는, 역사적으로도 비슷한 예를 찾기 어려운 충격 속에서 치러지는 콘클라베였기에 투표에 임하는 추기경들의 마음은 특별히 복잡할 수밖에 없었다. 특히 새로 선출될 교황은 이러한 평범하지 않은 상황, 그리고 어쩌면 전체 교회의 위기라고도 할 수 있는 복잡한 상황을 바로잡고 극복해 내야 할 무거운 책임을 짊어지게 될 텐데, 그에 맞는 적임자가 누구라고 감히 확신할 수 있는 이가 추기경들 중에서도 많지 않았던 것이다. 새 교황을 뽑기까지는 적어도 사흘은 넘게, 혹은 길게는 일주일까지의 시간이 필요할지도 모른다는 걱정이 시스티나 성당 안과 밖에서 흘러나오기 시작했다.

하지만 결론은 뜻밖에도 빠르게 내려졌다. 콘클라베 둘째 날인 3월 13일 저녁 무렵, 정확히 7시 6분에 시스티나 성당 굴뚝에서 흰 연기가 모락모락 피어올랐다. 그리고 성 베드로 광장에 모여 있다가 그것을 지켜본 15만 명의 군중들이 동시에 환호성과 함께 감사의 기도를 올리고 찬송을 부르기 시작했다. 다섯 번째 투표에서 드디어 3분의 2 이상의 표를 얻은 후보가 나타났던 것이다.

감사의 기도와 찬송 속에서 사람들은 문득 궁금해지기 시작했다. 쉽지 않을 것 같던 이번 콘클라베에서 그토록 빠른 시간 안에 추기경들의 마음을 모은 이는 과연 누구였을까? 이제부터 전 세계 천주교의 교회와 교리와 교인들을 이끌어갈 새 교황은 과연 어떤 사람일까?

다시 한 시간 쯤 지난 저녁 8시 무렵, 굳게 닫혀 있던 시스티나 성당의 문이 열리고 콘클라베의 결과 발표를 맡은 장 루이 타우란 추기경이 광장의 군중들을 향해 몸을 드러냈다. 그리고 외쳤다.

"저는 매우 기쁜 마음으로 여러분에게 알립니다. 교황이 선출되었습니다. 프란치스코Francisco를 새 교황의 이름으로 택한 호르헤 마리오 베르고글리오Jorge Mario Bergoglio 추기경이십니다."

15만 명의 군중은 큰 박수와 환호로 화답했다. 하지만 그 환호성이 잦아드는 동시에 수군거림이 시작되었다. 프란치스코, 그리고 호르헤 마리오 베르고글리오. 두 이름 모두 대부분의 군중들에게는 굉장히 낯선 것이거나 혹은 뜻밖의 것이었기 때문이다.

천주교의 신부들은 추기경일 때까지는 자신의 원래 이름을 사용하지만, 교황이 된 뒤에는 새로운 이름을 선택해서 사용하게 된다. 그리고 교황의 이름은 천주교회가 선정한 성인들의 이름 중에서 택할 수 있지만, 대부분의 교황들은 이전에 다른 교황들이 사용했던 이름 중에서 하나를 선택해 물려받곤 한다. 예컨대 2005년에 교황에 선출된 요제프 라칭거 추기경이 이전까지 15명의 교황들이 사용한 적이 있는 '베네딕토'라는 이름을 물려받아 '베네딕토 16세'로 불리게 됐던 것처럼 말이다. 그렇게 지금까지 266명의 교황 중에서 '요한'을 이름으로 사용한 이가 23명이었고 '그레고리우스'나 '베네딕토'를 사용한 이는 각각 16명이었으며 '클레멘스'도 14명이 있었다.

그런데 '프란치스코'라는 이름을 사용한 교황은 지금까지 단한 명도 없었다. 게다가 '프란치스코'라는 이름은 이탈리아 지방에서 아주 드물지는 않던 이름이었기 때문에 천주교 성인 중에서도 '프란치스코'라는 이름을 가졌던 이가 여럿 있었고, 그래서새 교황이 이름으로 선택한 것이 정확히 어느 성인의 것인가 궁금할 수밖에 없었던 것이다.

그뿐만이 아니었다. 교황이 전 세계 천주교인들을 이끌고 있으며, 또한 전 세계 각지의 교구를 대표하는 추기경들에 의해 선출되는 것은 사실이다. 하지만 천주교의 뿌리와 중심이 유럽, 그중에서도 이탈리아이며 교황청이 있는 바티칸 역시 이탈리아의 수도 로마에 있기 때문에 그동안 대부분의 교황들도 이탈리아나유럽에서만 주로 배출되어 왔다. 실제로 이번 콘클라베에 참가한 115명의 추기경들 중에서도 절반이 넘는 60명은 유럽 사람들이었고, 그중에서도 28명은 이탈리아인이기도 했다. 그래서 지금까지 배출되었던 266명의 교황 중에서 무려 210명이 이탈리아인이었고 그중에서도 99명은 로마 출신이었을 정도였다. 그동안광장에서 새 교황의 탄생을 기다리던 군중들과 전 세계의 신자들, 그리고 수많은 기자들은 제각기 누가 새 교황으로 선출될지나름대로 예상하며 여러 가지 전망과 소문들을 만들어 내고 있었지만, 그들이 꼽은 이름들이 대개 유럽, 그리고 특히 이탈리아 출신 추기경들의 이름이었던 것은 어쩌면 당연한 일이었는지도 모른다.

하지만 새 교황으로 선출된 '베르고글리오' 추기경이 원래 유력한 교황 후보로 알려진 이가 아니었다는 점뿐만 아니라, 그가 아메리카 대륙에 속한 나라인 아르헨티나의 부에노스아이레스 대교구장이라는 사실은 더욱 놀라운 일이었다. 물론 이전까지 유럽 출신이 아닌 이들 중에서도 교황이 배출된 적은 있었다. 아주 오래전 일이긴 하지만 3명의 서아시아 출신, 그리고 3명의 북아프리카 출신 추기경이 교황으로 선출된 적이 있었던 것이다. 하지만 아메리카 대륙 출신의 교황이 배출된 적은 아직 단 한 번도 없었다.

이탈리아를 중심으로 지중해를 둘러싸고 서로 마주보고 있는 유럽, 서아시아, 북아프리카는 수천 년 전부터 서로 교류하며 교회의 역사를 함께 공유해 온 지역이었다. 반면 아메리카, 동아시아, 오세아니아 같은 지역들은 기독교의 역사 자체가 길어야 수백 년에 불과하다. 그렇기 때문에 호르헤 베르고글리오 추기경이 교황으로 선출된 것은 교회의 역사에서 아주 중요한 의미를 가지는 획기적인 사건이라고 할 수 있었다.

장 루이 타우란 추기경의 발표에 이어, 북미와 남미를 통틀어 역사상 최초로 아메리카 대륙에서 배출되었을 뿐만 아니라 남반구 전체에서도 최초로 배출된 교황이기도 한, 새 교황 프란치스코가 드디어 성당 문 밖으로 모습을 드러냈다. 그리고 그는 교황으로서 꺼낸 첫 번째 이야기를 통해 또 한 번 광장의 군중들과 전 세계의 천주교인들을 놀라게 만들었다.

"이제 여러분들에게 축복을 드리고자 합니다. 그런데 그보다 먼저 제가 여러분에게 부탁 드릴 것이 있습니다. 제가 여러분을 축복하기 전에, 주님께서 저를 축복해 주시도록 여러분이 먼저 기도해 주시기를 부탁 드립니다. 여러분이 저를 위해 침묵으로 기도해 주십시오."

교황은 천주교회 안에서 예수를 대신하는 이로 인정받는 아주 특별한 사람이다. 그래서 교회 안에서 공식적으로 '지상권'과 '무오류성'이라는 특권을 보장받는데, 지상권이란 교회 안의 사람들 중에서 그보다 더 높은 권위와 존엄성을 인정받는 이가 없는 가장 높은 사람이라는 뜻이다. 그리고 무오류성이란, 말 그대로 교황이 하는 말과 명령은 무엇이든 잘못이 없는 것으로 인정한다는 뜻이다.

물론 교황도 사람이며 신이 아니기 때문에 그가 하는 말과 행동에 잘못이나 실수가 없다는 것은 말이 되지 않는다. 오히려 그렇게 잘못이나 실수를 하지 않을 수 없는 것이 인간이며, 그런 불완전한 수많은 인간들을 이끌고 신의 뜻을 실천하고 또 전승해 가야 하는 것이 교회다. 그렇기에 교황이라는 자리를 만들어 그에게 모든 잘못과 실수의 가능성을 가장 앞장서서 경계하는 어려운 임무를 맡겨 왔던 것이라고도 할 수 있다. 말하자면 무오류성이란 교황에게 주어지는 특권이기도 하지만, 동시에 그에게 지워지는 가장 무거운 짐인 셈이다.

어쨌든 그 지상권과 무오류성의 특권과 임무를 지켜 가기 위해 많은 교황들은 보통 사람들과 가까운 곳에 서지 않으려 하곤 했다. 어떤 이는 교황의 권위를 지키기 위해, 또 어떤 이는 그냥 관습적으로, 또 다른 어떤 이는 그렇게 하는 것이 당연하다고 생각했기 때문일 것이다. 그런데 어쨌든 그렇게 특별히 높은 자리에서 특별한 존중과 사랑을 받는 교황이 군중을 향해 "먼저 나를 위해 여러분이 기도해 달라."라고 부탁하는 것은 많은 이들에게 신선한 충격일 수밖에 없었다. 그렇게 겸손하고 친근하게 낮은 곳을 향해 먼저 손을 내민 교황은 지금까지 만난 적이 없었기 때문이다. 그것은 새 교황이 신과 인간 사이에서 교황이 해야 할 일에 대해 기존과 다른 생각을 가지고 있거나, 혹은 권위와 의례가 아닌 다른 방식으로 사람들의 믿음과 존경을 얻어 나가겠다는 자신감을 보여주는 것이었다.

그리고 그렇게 먼저 자신을 위해 기도해 주길 부탁했던 교황은, 잠시 침묵을 지키고 난 뒤 이번에는 그들을 위해 기도하며 축복했다.

"이제 저는 여러분들, 그리고 선한 의지를 가진 온 세상의 모든 사람들을 축복하겠습니다."

단지 자신을 교황으로 떠받드는 천주교회 안의 신도들만이 아니라, 착한 마음을 가지고 살아가는 온 세상의 모든 사람들이 복을 받도록 기도하겠다는 메시지였다. 자신에게 주어진 종교적인 권위와 힘 안에서만 일하는 것이 아니라, 모든 사람과 창조물들을 사랑하는 신의 뜻을 이루기 위해 폭넓게 생각하며 일하겠다는 결심. 그 마음을 담은 교황으로서의 첫 번째 기도였다.

콘클라베가 끝난 이틀 뒤, 새 교황이 처음으로 기자들 앞에 섰다. 교회 안의 신자들이 아닌, 그 바깥의 세상 사람들을 향해

처음으로 인사를 하는 날이었다. 그날 기자들이 새 교황에게 가장 궁금해 한 것은 왜 '프란치스코'라는 이름을 택하게 되었는가 하는 것이었다. 교황은 웃으며 답했다.

"개표를 하는 동안 옆에 앉아 있던 클라우디오 우메스 추기경(브라질 상파울루의 명예 대주교)이 '좋은 친구, 좋은 친구.'라고 말하며 저를 격려해 주고 있었어요.

그러다가 개표가 채 끝나기 전에 이미 3분의 2 이상의 표가 나와서 새 교황으로 결정되었다면서 사람들이 박수를 치기 시작했지요. 그러자 우메스 추기경이 저를 껴안고 입을 맞추며 이렇게 말하더군요. '가난한 사람들을 잊지 마세요.' 라고 말이지요.

그때 '가난한 사람'이라는 말이 제 가슴에 깊이 박혔어요. 그리고 이탈리아 아시시^{Assisi}의 프란치스코가 떠올랐습니다. 그분은 평화를 대변했던 분이었습니다. 그리고 가난과 평화, 자연을 사랑하고 보호하는 대변자였습니다.

유감스럽게도 오늘날 우리는 하느님이 지으신 세상의 모든 창조물들과 좋은 관계를 유지하고 있지 못합니다. 하지만 아시시의 프란치스코는 가난한 사람이었고, 평화의 정신을 우리에게 전해준 사람입니다. 가난한 교회, 그리고 가난한 사람들을 위한 교회. 그것을 어떻게 제가 사랑하지 않을 수 있겠습니까?"

3

아시시의 프란치스코

아시시는 로마와 피렌체 사이에 있는, 그러니까 지도를 펼쳐 놓고 보면 이탈리아의 딱 가운데쯤에 자리 잡고 있는 내륙 도시다. 지금도 채 3만 명이 되지 않는 사람들이 살고 있는 조그만 시골 마을이기도 하다. 하지만 지금으로부터 약 이천 년 전 로마 제국 시대에는 이탈리아 반도의 동쪽 바다와 서쪽 바다를 통해 들여오는 온 세상의 물건들이 거래되는, 늘 북적대는 시장 도시이기도 했다. 그리고 로마 제국이 몰락한 뒤 이탈리아가 수많은 영주

국으로 분열해 있던 중세 시대에도, 조금 규모가 줄어들긴 했어도 여전히 여러 영주국들 사이에서 무역이 활발하게 이루어지던 번창한 곳이기도 했다.

지금으로부터 거의 천 년 전인 12세기에 그 도시에 근거를 두고, 이탈리아 반도 곳곳의 다른 도시들과 멀리는 프랑스나 스페인까지도 오가면서 장사를 벌여 큰돈을 벌어 들이던 피에트로 베르나르도네라는 사람이 살고 있었다. 아시시에서 가장 큰 부자 중의 한 사람이었던 그는 원래 이탈리아의 서쪽 해안 도시인 루카 지방에서 대대로 살아온 집안에서 태어났지만, 장사를 하며 곳곳을 돌아다니다가 결혼을 한 뒤 아시시에 정착해서 살고 있었다.

그 피에트로가 장사를 위해 멀리 바다 건너 프랑스에 다녀오는 사이에 그의 아내인 피카가 첫 아들을 낳았다. 그리고 혼자 아기를 낳은 피카는 남편이 돌아오기 전에 그 아들에게 직접 '지오반니'라는 이름을 지어 주었다. '지오반니'는 '요한'이라는 교회식 이름을 이탈리아식 발음으로 읽은 것인데, 그것은 예수의 탄생을 예언하고 준비했던 신약 성경 속 예언자의 이름에서 따온 것이기도 했다.

무사히 여행을 마치고 집으로 돌아와 그 사이에 태어난 아들을 본 피에트로는 무척 기뻤다. 하지만 아내가 지은 아들의 이름은 별로 마음에 들지 않았던 모양이다.

"내 아들의 이름이 지오반니라니, 그건 영 어울리지 않는군. 이 녀석은 장차 이 피에트로의 사업을 이어받아서 더 크게 키워야 할 텐데, 낙타 털가죽이나 뒤집어쓰고 들판에서 먹고 자던 거렁뱅이 같은 사람의 이름을 붙이다니, 그럴 수는 없지. 그보다 훨씬 멋진 이름을 내가 다시 지어 줘야겠어. 가만있자……. 그래, 프란치스코가 좋겠군. 프랑스 사람들처럼 멋지고 세련된 남자가 되라는 뜻으로 말이야."

집과 성당을 오가며 조용히 기도하고 명상하는 삶을 즐겼던 아내 피카와 달리 남편 피에트로는 장사꾼답게 활달하고 사교적인 성향이 강한 사람이었다. 그는 교회의 일에도 별 관심이 없었고, 정신적인 가치보다는 물질적인 가치를 더 중요하게 생각하는 사람이었다. 그런데 성경 속에 나오는 요한, 일명 '세례 요한'은 돈이나 명예 따위에는 아무런 관심이 없었을 뿐 아니라, 낙타 가죽을 걸치고 광야에서 메뚜기를 잡아먹거나 야생꿀을 따먹고 살던 사람이었다. 그는 사람들에게 "회개하라."라고 외치다가 결국

헤롯왕에 의해 사형에 처해졌었다. 당연하게도 피에트로가 그런 요한의 삶을 본받을 만한 것으로 생각할 리는 만무했다.

반면 피에트로가 보고 돌아온 그 무렵의 프랑스는 이미 세계 문화의 중심이 되어가고 있었다. 프랑스는 영국에 많은 영토를 빼앗기며 쪼그라들어 있긴 했지만, 대신 그 덕분에 더 효율적인 중앙 집권적 통치가 가능해지면서 이탈리아나 독일처럼 잘게 쪼개져 있던 다른 유럽 나라들에 비해 훨씬 짜임새 있고 규모가 큰 일들을 벌이고 있었기 때문이다. 예컨대 그때 프랑스의 파리에서는 이미 화려한 스테인드글라스 장식으로 유명한 노트르담 대성당이 지어지고 있었고, 유럽에서 가장 오래된 대학인 파리 대학이 세워져 있기도 했다. 그러다 보니 유럽 곳곳의 상인과 학생들이 각각 장사를 하거나 공부를 하기 위해 그곳으로 모여들고 있었고, 건축 기술자나 예술가들도 모여들어 각기 재능을 발휘하고 있었다. 그렇게 자연스럽게 여러 나라와 지방의 문화들이 뒤섞이면서 세련되고 활기찬 분위기가 만들어지기 시작하고 있었다. 그런 점들이 아시시의 큰 장사꾼인 피에트로의 마음에도 쏙 들었던 것이다.

피에트로는 아들을 정말 세련된 프랑스 사람처럼 키우고 싶었다. 그래서 이름을 프란치스코라고 지어 주었을 뿐 아니라 아주

어릴 적부터 장삿일이나 사교술과 함께 프랑스어도 열심히 가르쳤다. 아들 프란치스코가 자신의 사업을 물려받아 자신처럼 프랑스를 비롯한 세계 곳곳을 돌아다니며 사업을 더 크게 키워 주기를 바랐던 마음도 있었지만, 프랑스 사람들처럼 교양 있고 세련된 사람이 되어 주었으면 하는 마음도 컸던 것이다.

프란치스코는 어머니보다는 아버지를 닮아 활달하고 사교적인 사람으로 성장했다. 교회에서 예배하는 것보다는 아버지와 함께 장사하는 것을 더 재미있어 했고, 조용히 기도하고 명상하는 것보다는 사람들과 어울리는 것을 즐거워했다. 하지만 정확히 말하자면, 아버지가 원하는 것은 돈을 잘 버는 아들이었지만, 정작 아들이 흥미를 느끼는 것은 돈을 쓰는 일뿐이었다. 원래 부잣집 아들이 아버지가 원하는 것처럼 성실한 사업가로 성장하는 경우는 그리 흔한 일이 아니다. 젊은 시절에는 여러 가지 욕망이 들끓는 법이고, 그것을 채울 수 있는 재물까지 넉넉하다면 절제하기가 쉽지는 않기 때문이다. 게다가 주머니에 돈이 풍족하면 그 주위로 자신들의 욕망까지 채워 보려고 하는 어설픈 친구나 추종자들까지 많이 꼬일 수밖에 없는 법이다. 프란치스코는 온 마을의 청년들을 모두 모아서 함께 술을 마시고 노래를 부르며 돌아다니기를 좋아했다. 물론 그 친구들의 술값의 대부분은 프란치스코의 주머니에서 나오는 것들이었다.

주변의 많은 사람들이 자신을 따르며 듣기 좋은 말을 늘어놓는 이유가 결국 자신의 호주머니에 들어 있는 돈과 거기에서 비롯되는 힘 때문이라는, 너무나 간단한 사실을 부자들은 종종 알아채지 못한다. 프란치스코 역시 마찬가지였다. 그는 도시 안에서 어느 곳을 가든지 구름떼 같은 무리가 따라다니는, 아시시의 중심적인 청년이었다. 하지만 그는 그 모든 것이 자신의 인품과 매력 덕분이라고만 믿고 있었던 것이다.

어느 시대나 그랬듯이, 그렇게 많은 추종자들을 거느린 자신만만한 청년들이 흔히 관심을 가지는 일이 바로 정치였다. 돈과 힘을 모두 가진 뒤에는 더 널리 자신의 이름을 알리고, 세상을 자기 뜻대로 바꿔 보고도 싶은 것이 대개 인간의 본능이기 때문이다. 프란치스코도 별로 다르지 않았다. 세상에 자신의 이름을 날려 보고 싶었고, 그러자면 그 시대에 가장 쉬운 방법은 역시 전쟁에서 영웅이 되는 것이었다.

그 무렵 이탈리아와 유럽의 사람들은 온통 편을 갈라 분열하고 싸우는 일로 날을 지새우고 있었다. 각각의 도시와 마을들이 서로 전쟁을 벌였을 뿐만 아니라 같은 도시 안에서도 귀족과 시민 사이에서 끊임없는 정변이 반복되기도 했고, 심지어 황제와 교황이 전쟁을 벌이기도 했다. 그 시대에는 교황이 교회 안에서만이 아니라 온 세상에서 자신의 지상권을, 즉 교황이 세상에서 가장 높은 사람이라는 사실을 인정받아야 한다고 주장하고 있었고, 그렇기 때문에 당연히 정치권력을 가진 이들과 잦은 갈등을 빚을 수밖에 없었다. 특히 프란치스코의 고향인 아시시는 신성 로마 제국의 황제와 교황이 번갈아 차지해 가며 늘 충돌하던 곳이었다. 또한 도시 안의 귀족들과 시민들 사이에도 싸움이 끊이지 않던 곳이기도 했다. 이렇게 온갖 종류의 갈등이 뒤엉켜 있는 곳일수록 자신만이 그 문제를 해결할 수 있는 사람이라는 사명감에 들떠 정치권력을 쥐려는 야심만만한 젊은이들이 많이 등장하는 법이다.

그러던 어느 해에 아시시의 시민들은, 내전을 벌이다 쫓겨난 귀족들이 이웃 도시 페루자의 군대를 끌어들여 그들과 한바탕 전쟁을 치러야 했다. 그리고 바로 그때, 한창 혈기가 넘치는 17세 청년이던 프란치스코 역시 시민의 편에 서서 그 전쟁에 뛰어들었다. 전쟁이야말로 단숨에 영웅으로 부상해 많은 사람들의 환호성을 받을 수 있는 좋은 기회였기 때문이다.

하지만 생각과 달리 전쟁은 아시시 시민들의 참패로 끝이 났고, 다른 많은 시민들과 함께 프란치스코 역시 페루자 군대의 포로로 잡히는 초라한 신세가 되고 말았다. 물론 목숨을 건진 것만 해도 다행스러운 일이긴 했지만, 페루자로 끌려간 프란치스코는 1년 동안이나 감옥에 갇히는 고단한 처지를 면하지 못했다. 그나마 그의 감옥 생활이 1년 만에 끝난 것도 부자인 아버지가 여러모로 힘을 써준 덕분이기도 했다.

하지만 그런 쓸쓸한 경험이 그의 야망과 허영을 완전히 꺾어 놓을 수는 없었다. 여전히 혈기왕성하고 자신만만했던 프란치스코는 감옥에서 풀려나 고향으로 돌아온 뒤에도 여전히 세상 사람들 위에 멋지게 군림하는 미래를 꿈꾸었다. 그러면서 좀 더 넓은 세상으로 나가서 더 멋진 일을 벌여 보고 싶다는 생각을 하기 시작했다.

4

기사와 거지

그 시대에 유럽의 아이들이 가장 좋아하는 이야기는 아더왕의 전설이었다. 아더왕은 원탁의 기사단을 이끌고 곳곳에서 로마군을 무찌르고 분열되어 있던 영국을 통일하는가 하면, 예수가 최후의 만찬에 사용했던 성배(포도주잔)를 찾아 떠나는 모험을 하기도 하는, 영국 웨일즈 지방에서 수백 년 전부터 내려오던 전설 속의 주인공이었다. 그 전설에는 왕과 기사들의 우정과 충성심, 기사도와 무용담, 왕비와의 사랑, 그리고 성배를 찾아 모험을 떠나는 기독교적인 세계관까지 다양한 요소들이 재미있게 버무려져 있어서 오랫동안 영국 아이들의 사랑을 받을 수 있었다. 그런데 프란치스코가 태어나기 얼마 전쯤에는 몬머스 제프리라는 영국의 한 수도사가 그 이야기를 라틴어로 번역해 바다 건너 유럽 대륙에 소개하면서 프랑스, 독일, 이탈리아의 많은 사람들에게까지도 널리 알려지게 되었다. 그래서 그 시절 유럽의 아이들은 저마다 아더왕이 되고 기사 랜슬롯 경이 되고 귀네비어 왕비가 되어 동네 야산을 뛰어다니며 기사 놀이를 하곤 했다.

동시에 그때는 십자군 전쟁의 물결이 젊은이들의 가슴을 휩쓸던 시대이기도 했다. 십자군 전쟁이란 1096년에 교황 우르바누스 2세가 이슬람 국가인 셀주크 투르크가 점령하고 있던 성지 예루살렘를 탈환하기 위한 성전을 벌이자고 호소하고, 유럽 곳곳의 영주와 기사와 청년들이 그 호소에 응해 각자 부대를 만들어 예루살렘을 향해 출정하면서 시작된 전쟁이었다. 그냥 이름만으로는 멋있게 들리기도 하는 그 십자군 전쟁은, 무려 200여 년 동안이나 계속되면서 수많은 유럽의 청년과 아랍의 죄 없는 사람들을 죽음으로 몰아넣은 비극적인 사건이었다. 특히 그것은 당시 신성 로마 제국의 황제와 권력 투쟁을 벌이던 교황이 황제의 힘을 약화시키고 자신의 권위를 세우려는 정치적인 의도로 시작한 전쟁이었고, 거기에는 동방과의 무역로를 개척함으로써 더 많은 돈을 벌려는 상인들의 장삿속도 결합되어 있었다. 또 원정을 떠난 십자군들이 투르크, 시리아, 이스라엘의 사람들을 종교가 다르다는 이유만으로 무자비하게 학살하거나 박해하는 일들이 많이 벌어지면서 '성스러운 전쟁'이라는 명분과는 영 다르게 흘러간 부끄러운 역사이기도 했다. 실제로 2000년에 교황 요한 바오로 2세가 7만 명 이상의 유대인과 아랍인이 학살된 이 십자군의 역사에 대해 공식적으로 교황의 과오였음을 인정하고 사죄하기도 했다. 하지만 그 당시의 유럽 청년들에게 '하느님의 기사가 되어 성지를 되찾으라.'라는 구호는 가슴 설레는 것이 아닐 수 없었다.

원래 '지오반니'라는 이름을 지어 주었을 만큼 신앙심이 깊었던 어머니의 영향으로 기독교적인 바탕에서 자란 데다, 역시 어렸을 때부터 아더왕 이야기를 듣고, 또 아더왕 놀이를 하며 자란 프란치스코도 예외는 아니었다. 특히 어릴 적부터 거의 모든 동네 아이들을 이끌고 다녔던 골목대장인 프란치스코는 놀이를 할 때마다 늘 아더왕이 되어 성스러운 칼 엑스칼리버를 휘두르며 다니곤 했다. 또한 17세라는 아직 어린 나이에 이웃 도시 페루자와의 전쟁에서 패배해 포로가 되어 1년 동안 감옥에 갇히는 수모를 겪었던 프란치스코는 자존심에 큰 상처를 입었다. 그래서 그보다 훨씬 멋지고 화려한 명분이 걸린 전쟁에서 큰 공을 세워 반드시 자존심을 세우고 싶었다. 그는 단숨에 온 세상에 이름을 떨치는 인물이 되고 싶다는 열망을 주체할 수 없었다.

"나는 아더나 다윗처럼 위대한 왕이 될 거야. 그래서 온 세상 사람들이 거리에 나와 내 이름을 외치게 만들 거야."

프란치스코는 이제 아버지의 돈으로 술을 마시고 즐기는 대신 좋은 말과 멋진 갑옷, 비싼 무기를 사들이기 시작했다. 그리고 십자군의 기사가 되어 세상 사람들의 존경과 하느님의 인정을 받는 위대한 사람이 되겠다고 결심하고, 로마를 향해 길을 떠났다. 로마로 가서 교황의 십자군에 합류한 뒤, 멀리 터키와 이스라엘로 원정을 떠나 이교도들을 휩쓸어 버리고 하느님의 성지를 되찾기 위해서였다.

하지만 프란치스코의 의기양양한 발걸음은 폴리뇨, 스폴레토를 거쳐 로마에서 얼마 떨어지지 않은 플라미니아에 도착했을 때 멈추어 서고 말았다. 갑자기 심한 열병에 걸리고 말았기 때문이다. 프란치스코는 일차적인 목적지였던 로마를 바로 코앞에 두고 있었지만, 더 이상 한 걸음도 나아가지 못한 채 꼼짝없이 자리에 누워, 매일 몽롱한 꿈속을 헤매야 했다. 마음이 급했던 프란치스코는 억지로라도 일어나려고 했지만 도저히 혼자서는 말 위에 몸을 실을 수도 없을 만큼 몸이 무거웠다. 별 수 없이 조금이라도 열이 내리고 혼자 힘으로 몸을 움직일 수 있을 때까지만이라도 쉬면서 기다리는 수밖에 없었다.

그러던 어느 날, 역시 열에 들뜨며 힘겹게 잠이 든 그는 꿈속에서 누군가의 목소리를 듣게 되었다.

"프란치스코야. 너는 지금 어디로 가려고 하느냐?"

프란치스코는 그것이 문득 하느님의 목소리라는 생각이 들었다. 그리고 답했다.

"십자군 기사가 되어 하느님의 성지를 되찾기 위해 로마로 가는 중입니다."

그러자 또다시 목소리가 물어 왔다. 그리고 프란치스코는 그 목소리의 물음에 계속 답해 갔다.

"프란치스코야. 너를 돌보고 축복해 주는 것이 주인이냐, 아니면 종이냐?"

"당연히 주인입니다."

"그런데 너는 왜 주인을 버리고 종을 따르느냐? 너는 왜 종을 위해 주인을 버리려고 하느냐?"

하느님을 위한 일을 하기 위해 길을 떠났다는 생각에 칭찬을 기대하며 자랑스럽게 답해 가던 프란치스코는, 웬지 꾸짖는 듯한 목소리를 들으며 문득 두려운 생각이 들었다. 뭔가 자신이 지금까지 잘못된 생각을 하고 있었는지도 모른다는 생각이 들었던 것이다. 그래서 이렇게 물었다.

"주님. 그럼 제가 어떻게 해야 하겠습니까?"

그러자 다시 목소리가 말했다.

"너의 고향으로 돌아가라. 거기에서 네가 할 일을 알려 주마."

목소리의 명령을 들으며 프란치스코는 잠에서 깨어 났다. 머릿속은 복잡했지만 몸은 한결 가벼워진 느낌이었다. 이제 몸을 일으 켜 말을 탈 수도 있을 것 같았다. 하지만 방금 들었던 소리를 그 냥 꿈이라고 무시할 수는 없었다. 그리고 바로 한 순간에 로마로 가야겠다는 생각, 기사가 되어 전쟁에서 큰 공을 세우고 유명한 사람이 되겠다는 꿈이 모두 의미 없고 가치 없는 일로 여겨졌다. 프란치스코는 곧장 자리를 털고 일어나 짐을 챙겨 말에 실었다. 그리고 떠나왔던 고향 마을 아시시를 향해 말머리를 돌렸다.

아시시로 돌아온 프란치스코는 산속의 어두운 동굴을 찾아 혼자 들어가 기도하기 시작했다. 그리고 로마로 향하던 길에서 "고향으로 돌아가면 해야 할 일을 알려 주겠다."라고 했던 목소 리가 다시 들려오기를 기다렸다.

"하느님. 명령하신 대로 저의 고향으로 돌아왔습니다. 이제 당 신의 뜻을 알려 주십시오. 제가 가야할 길을 알려 주십시오."

그러자 또다시 목소리가 들려왔다.

"내 뜻을 알고 싶다면, 네가 지금까지 사랑하고 즐기던 것들을 모두 버려라. 그러면 지금까지 네가 보지 못했던 것들의 기쁨과 즐거움을 알게 될 것이다."

프란치스코는 지금까지 자신이 즐기고 사랑하던 것들이 무엇인지 가만히 떠올려 보았다. 술, 노래, 춤, 친구, 파티. 그리고 돈, 명예, 권력, 그리고 그런 것들에 대한 욕망들. 프란치스코는 그 모든 것을 버리기로 마음먹었다. 심지어는 편안한 잠자리와 좋은 옷과 맛있는 음식, 주위 사람들의 사랑과 존경 등 그가 태어나면서부터 당연한 듯 누려 왔던 많은 것들도 아예 멀리하기로 마음먹었다.

그는 낡고 더러운 옷을 입고 거친 빵을 먹으며 거리에서 잠을 자기 시작했다. 심지어 어머니가 해 준 음식이 너무 맛이 있을 때는 몰래 재를 뿌려 일부러 맛이 없게 만든 다음 먹기도 했다. 그리고 이웃 사람들의 눈을 피해 이웃 도시를 돌아다니며 구걸을 하기까지 했다. 가장 가난하고 배고프고 힘들고, 주위 사람들로부터 외면받고 손가락질받는 이들의 삶을 체험하기 위해서였다. 물론 그것은 이전까지 가까이하던 것들을 멀리하고, 반대로 멀리하던 것들을 가까이하며 하느님의 뜻을 깨닫기 위한 노력이었다.

태어나서부터 늘 편안하고 풍족하게만 살아왔던 그에게 그것은 절대 익숙한 일이 아니었다. 또 쉽게 적응할 수 있는 일도 아니었다. 그는 다만 꿈속에서 들은, 그리고 기도를 하던 중에 들은 목소리가 시킨 대로 하기 위해 나름대로 노력을 하고 있을 뿐이었다. 하지만 도대체 언제까지 그런 노력을 계속해야 하는지, 그리고 도대체 왜 이런 고통스럽고 불편한 삶을 살아야 하는 것인지 생각하면 답답하기도 했다.

그러던 어느 날, 프란치스코는 혼자 말을 타고 들판을 걸으며 깊은 생각에 잠겨 있었다. 여전히 그는 혼란스러워하고 있었고, 혹시 하느님의 목소리를 들었다고 생각하는 것 자체가 모두 자신만의 착각은 아닐까 하는 걱정도 하고 있었다.

'하느님의 뜻은 과연 무엇일까? 기도를 하던 중에 들은 목소리가 말씀하신 대로, 예전에 즐기던 모든 것들을 멀리하고 가난한 삶을 체험하고는 있지만, 아직도 정확히 내가 해야 할 일이 무엇인지는 잘 모르겠어. 또 왜 그래야 하는 지도 잘 모르겠고. 설마 앞으로도 계속 이렇게 불편한 생활을 일부러 계속해야 하는 건 아니겠지? 혹시 그 가난한 사람들의 마음을 이해하고 그들을 돕는 사람이 되라는 것일까? 그럼 앞으로는 술을 마시고 춤을 추러 다니는 대신, 아버지의 재산으로 가난한 사람들을 위해 기부를 많이 하면 되는 걸까?'

그렇게 한참을 생각에 잠긴 채 걸어 가다가 타고 있던 말이 들판 가운데에서 갑자기 멈춰 서는 바람에 프란치스코도 깊은 생각에서 깨어나야 했다. 그리고 문득 고개를 들어 앞을 보다가 흠칫 놀라고 말았다. 말이 멈춰 선 자리 앞에 웬 나병 환자 한 사람이 구걸을 하기 위해 그를 향해 두 손을 내밀고 서 있었기 때문이다. 그제야 살이 썩는 고약한 냄새를 느낀 프란치스코는 반사적으로 옷소매를 들어 코를 막았다.

혼히 사람들이 '문둥병'이라고 부르던 나병(오늘날에는 '한센병'이라는 이름으로 부르고 있다.)은 '나균'이라는 것이 몸에 들어와서 몸의 곳곳을 썩어 들어가게 만드는 병이다. 한번 걸리면 고치기도 어렵거니와 온몸이 썩어 들어간 끝에 죽음에 이르는 끔찍한 병이었고, 더구나 그 병에 걸린 사람을 가까이 할 경우에는 병이 옮는다고 믿었기 때문에 더더욱 사람들은 그 병을 두려워했다. 특히 의학이 발달하지 못했던 천 년 전의 그 시대 사람들로서는 원인도 알 수 없었고, 그래서 치료할 수 있는 방법도 몰랐던 병이었다. 그렇기 때문에 보통 사람들이 할 수 있는 방법은 나병 환자들을 피해 다니거나, 마을에서 쫓아내거나, 한곳에 몰아넣고 죽을 때까지 가두는 일뿐이었다. 그래서 마을에 나병 환자가 나타나면 아이들은 비명을 지르며 도망치거나 숨었고, 어른들은 돌을 던지며 어서 마을에서 떠나라고 소리를 지르곤 했다. 몸 곳곳이 썩어 들어가는 끔찍한 고통을 겪어야 할 뿐 아니라 이웃들로부터 아무런 도움도 받을 수 없는, 아니 오히려 이웃들로부터 버림받고 돌팔매를 받아야 했던 나병 환자들은 그 시대에 세상에서 가장 가난하고 약하고 불쌍한 이들임이 분명했다.

프란치스코 역시 본능적으로 얼른 말고삐를 당겨 멀찍이 돌아서 도망치려고 했다. 하지만 바로 그 순간, 기도를 하던 중에 들려왔던 목소리가 갑자기 생생하게 떠올랐다.

"지금까지 네가 보지 못했던 것들의 기쁨과 즐거움을 알게 될 것이다."

십자군 기사가 되려고 로마로 향하던 길에서 돌아온 뒤, 프란치스코는 '그동안 즐기던 것들을 멀리하는' 삶을 살기 위해 노력해 왔다. 하지만 아직 '이전까지 보지 못했던 것들의 기쁨과 즐거움'을 맛보지는 못하고 있었다. 그런데 문득 그 나병 환자의 모습을 보면서 그의 마음속에 알 수 없는 이끌림이 느껴지기 시작했다.

프란치스코는 말에서 내려 그 나병 환자에게로 다가갔다. 그러자 온통 썩어 문드러지고 지독한 악취가 풍기는 처참한 얼굴이 눈에 들어왔다. 그리고 자신을 향해 뻗어 내민 앙상하고 상처 가득한 두 팔과 손을 보며 문득 가슴이 뜨거워졌다. 그 손에서 그동안 여러 마을에서 수많은 사람들에게 외면받고, 돌팔매질 당하고, 욕설과 저주를 들으면서도, 한 끼니의 음식을 얻기 위해 혹시나 하고 또 내밀어야 했을 그의 안타까운 사연들을 생생하게 읽고 느낄 수 있었다. 그것은 그동안 살면서 단 한 번도 돌아보고 상상해 보지 못했던 삶이었고, 그럼에도 불구하고 아주 오래 전부터 수많은 사람들이 감당해야 했던 삶이었다.

프란치스코는 그 나병 환자의 손에 입을 맞추고, 주머니를 뒤져 자신이 가진 모든 돈을 꺼내 쥐어 주었다. 그리고 그의 몸을 감싸 안고 축복의 기도를 올린 뒤 말에 올랐다.

말을 타고 집으로 돌아오면서 프란치스코는 또다시 깊은 생각에 잠겼다. 하지만 이제는 조금 전처럼 막연하고 답답하지 않았다. 이제 기도 중에 들었던 목소리의 의미를 조금은 알 수 있을 것 같았기 때문이다.

5

가난과 함께

이튿날, 프란치스코는 도시의 가장 구석진 곳에 있는 산 살바토레 파레티라는 마을로 갔다. 그곳은 사람들이 '문둥이 마을'이라고 부르며 멀찍이 피해 다니는 곳, 바로 나병 환자들이 모여 사는 마을이었다.

마을 입구에 들어서면서부터 살 썩는 고약한 냄새가 코를 찔러오기 시작했다. 그곳은 그가 상상해 왔던 지옥 그대로의 모습이었다. 곳곳에 고통과 굶주림에 지쳐 쓰러진 사람들 사이로, 그렇게 쓰러진 채 누구의 도움도 받지 못하고 죽어간 사람들의 몸이 뒤섞여 썩어 가고 있었다. 비교적 건강해서 몸을 가누고 시선을 마주하는 이들 중에도 눈, 코, 입과 손발이 제대로 붙어 있는 이들이 드물었다. 슬프고 안타까운 마음 이전에 역겹고 두려운 마음이 먼저 가슴속을 헤집는 곳이었다. 하지만 프란치스코는 눈을 가려 외면하려 하지 않았고 소매를 올려 코를 막으려 하지 않았다. 냄새를 맡는 것만으로 병이 옮기라도 한다는 듯 진저리를 치고 멀찍이 도망치거나 돌팔매질을 하며 살아왔던 그였지만, 이제 그 끔찍한 모습과 악취 속에 하느님의 뜻이 들어 있다고 생각하니 그 모든 것이 완전히 다르게 느껴지기 시작했다.

그런 그의 모습은 그 마을 사람들에게도 신기한 것이었다. 아직까지 그 마을에 사지가 멀쩡한, 게다가 좋은 옷을 입은 부자가 제 발로 걸어 들어온 적은 한 번도 없었기 때문이다. 멀찍이에서 프란치스코의 모습을 보며 의아해하던 사람들은 이내 하나씩 그 주변으로 모여들기 시작했다. 그리고 혹시 무언가 가진 게 있다면 조금만이라도 나누어 달라며 두 손을 모아 내밀었다.

프란치스코는 그를 향해 내미는 손을 모두 하나씩 맞잡고 입을 맞추었다. 썩고, 문드러지고, 상처 난 흉하고 험한 손들이었지만 마다하지 않았다. 그리고 허리춤에서 미리 준비해 간 주머니를 꺼내서 동전을 한 닢씩 나누어 주기 시작했다. 원래 자신의 것이었던 동전들이 한 닢씩 그의 손을 떠나 나병 환자들의 손에 쥐어질 때마다 자신의 삶에 달라붙어 있던 무거운 고민과 걱정과 죄책감들이 하나씩 떨어져 떠나가는 것 같은 느낌이 들었다.

금세 주머니는 비워졌고, 입술에는 누구의 것이었는지도 모를 썩은 살점들이 묻어 악취를 풍기고 있었다. 하지만 프란치스코는 그것이 아깝거나 역겹게 느껴지지 않았다. 그리고 마을을 나서는 길에서, 그는 문득 무릎을 꿇고 기도했다.

"하느님, 이제 저는 더 이상 가난하게 살기 위해 참고 애쓸 필요가 없습니다. 이제 그것은 저에게 큰 기쁨이 되었습니다. 이제 저에게 돈과 명예와 안락함 따위는 아무런 의미가 없습니다. 가난한 이웃들 속에서 가난하게 살면서 비로소 만날 수 있는 진정한 사랑의 의미를 깨우쳐 주셔서 감사합니다."

그동안 그는 아주 많은 사람들의 사랑 속에서 살아왔다고 생각하고 있었다. 거리에서 만나는 모든 이웃들이 그에게 웃는 얼굴로 친절한 인사와 덕담을 건넸고, 도시 안의 모든 또래들은 그와 친구가 되고 싶어했기 때문이다. 술집을 가든, 여행을 가든, 함께하며 도와주려는 이들이 구름처럼 따르곤 했었다. 하지만 그가 값비싼 옷 대신 누더기를 입고, 좋은 집이 아닌 거리에서 잠들고, 돈을 뿌리는 대신 구걸을 하기 시작하자 곁에 남아서 그를 따르고 돕고 우러러 바라보려는 이들은 아무도 남지 않게 되었다. 그가 그동안 받아온 사랑이라고 생각했던 것은 사실 대부분 그를 향한 것보다는 그가 가진 돈과 능력을 향한 것이었음을 비로소 알게 됐던 것이다.

하지만 아무것도 가지지 못한 나병 환자들의 썩어 문드러진 손과 뺨에 입을 맞추는 순간, 그리고 뜻밖의 호의에 감격한 그들의 가느다란 떨림을 느끼는 순간 이전에는 알지 못했던 사랑의 또 다른 의미를 발견할 수 있었다. 아마도 인간에 대한 하느님의 사랑이란 나병 환자에게 입을 맞추는 입술처럼 아무 조건도 이유도 없는 것일지 모른다는 생각이 들었다. 동시에 하느님에 대한 인간의 기도와 감사도 그 나병 환자의 떨리는 손끝처럼 간절하고 절대적이어야 하는 것인지도 모른다는 생각을 했다.

그날 이후 프란치스코는 자신이 가진 모든 것을 버리고 거리로 나섰다. 잠시 가난을 경험하는 부자가 아니라, 진정 가난한 사람이 되기로 결심했던 것이다. 하느님이 자신에게 원하는 것은 가진 돈의 일부를 내서 가난한 이들을 돕는 것이 아니라, 그 자신이 스스로 돈을 떠나 가난한 사람이 되는 것이라고 생각했기 때문이다. 그는 이제 집과 집에 속한 모든 것을 버리고 거리에서 구걸을 하고, 기도를 하고, 또 다른 병들고 가난한 이들을 껴안고 입 맞추며 살아가기 시작했다.

여전히 프란치스코가 아시시의 거리를 지나갈 때마다 구름 같은 사람들이 그의 뒤를 따르곤 했다. 하지만 예전에는 그것이 그의 호주머니에서 떨어지는 부스러기라도 주워 먹을까 하는 '친구'라는 이름의 무리들이었다면, 이제는 "미치광이다." 혹은 "거지다." 라고 외치며 돌을 던지는 철없는 아이들로 바뀌어 있었다.

그의 아버지 피에트로 베르나르도네가 그런 아들을 그냥 두고 볼 리 만무했다. 피에트로는 아들이 자신의 뜻대로 살려고 하지 않는다는 것에 대한 실망도 컸지만, 그보다는 많은 사람들 앞에서 부끄러운 짓을 하고 다니는 아들 때문에 당장 자신이 피해를 입는다는 생각에 화가 치밀었다. 온 도시 안에 소문이 자자한 거지 아들을 두었다는 사실이 자신의 체면을 크게 상하게 할 뿐만 아니라 집안 망신을 톡톡히 시키고 있다고 생각했다. 피에트로는 몇 번이나 거리에서 구걸을 하고 있던 아들을 강제로 잡아다가 지하실에 가두어 버렸다. 심지어 어떤 때는 '정신을 차리게 해줘야 한다.'면서 그렇게 가두어 둔 채 먹을 것도 주지 않고 며칠씩이나 굶게 하기도 했다. 하지만 그때마다 어머니는 아버지가 외출한 틈을 타서 아들을 몰래 풀어주곤 했고, 그렇게 풀려난 프란치스코는 산속의 동굴로 도망쳐 숨어 있다가 며칠이 지난 뒤에 또다시 아버지의 눈길을 피해 거리에서 구걸을 하는 일을 반복했다.

그러던 어느 날, 프란치스코를 지하실에 잡아 가두어 둔 채 먼 나라로 장사를 하러 다녀오던 피에트로는 또다시 거리에서 구걸을 하는 아들 프란치스코의 모습을 보고 화가 머리끝까지 치밀어 올랐다. 그리고 이번에는 직접 아들을 잡아다가 가두는 대신 아예 도시의 판사를 찾아가서 아들을 고소해 버렸다. 아들이 이 미친 짓을 그만두지 않겠다면 차라리 자신의 아들로서의 인연을 끊고 상속권도 빼앗아 버리겠다는 것이었다. 하지만 그 시절에도 아버지가 아들을 고소한다는 것은 도저히 있을 수 없는 일이었고, 판사로서도 한 번도 다뤄본 적이 없는 기괴한 일이었다. 입장이 곤란해진 판사는 그렇게 가족 사이의 일을 법정에서 다룰 수는 없다며 거절했다. 하지만 피에트로는 이번만은 그냥 넘어갈 수가 없었다. 그는 이번에는 아시시를 관할하는 주교를 찾아가 교회에서라도 그 재판을 열어 달라고 요구했다. 그 시대에는 교회에서 주교가 공식적으로 판결을 내려 준다면 누구도 부정할 수 없는 일로 인정되어 판사가 내린 판결과 비슷한 효력을 인정받을 수 있었기 때문이다.

물론 교회에서 그런 재판을 연다는 것이 주교에게도 내키는 일은 아니었다. 하지만 피에트로의 생각이 절대 바뀌지 않을 것이고, 그래서 자신이라도 어떻게든 결론을 내려 주지 않는다면 더 보기 흉한 일들이 벌어질 것임을 알 수 있었다. 주교는 어쩔 수 없이 프란치스코를 교회로 불러들여 재판을 열었다. 하지만 주교도 그 재판에서 정말 아버지와 아들 사이의 인연이 끊어질 수도 있다는 생각은 하지 못했을 것이다. 아마 그 재판을 통해 아버지와 아들이 모두 정말 인연을 끊겠다고 버티기보다는, 사람들 앞에서 한 발씩 물러서며 화해를 하는 자리가 될 것으로 기대했을 것이다.

그날, 아시시 최고의 부자와 그의 미친 거지 아들 사이에 재판이 벌어진다는 소문을 들은 사람들이 큰 구경거리가 생겼다는 듯 구름처럼 교회로 몰려들어 그 모습을 지켜보았다. 피에트로는 사람들 앞에서 큰 소리로 말했다.

"프란치스코. 네가 계속 지금처럼 누더기를 입고 구걸이나 하면서 젊음을 탕진하고, 또 이웃들의 손가락질을 받으면서 우리 가문의 명예를 더럽히려고 한다면, 나는 더 이상은 너를 용서할 수가 없다. 하느님과 주교님, 그리고 온 도시의 사람들이 지켜보는 이 자리에서 확실히 결정하고 분명히 말해라. 나 피에트로 베르나르도네의 아들로 돌아올 것인지, 아니면 부모와 가문과 모든 것을 떠나 혼자 거지가 되어 살 것인지 말이다."

분노를 주체하지 못하는 모습이었지만, 사람들은 고개를 끄덕였다. 프란치스코의 거지 행동은 아들을 고소한 아버지보다도 훨씬 더 이해하기 어려운 것이었고, 그런 아들을 바로잡기 위해 아버지로서는 저럴 수도 있겠다는 생각이 들었기 때문이다. 그 자리의 많은 사람들은 프란치스코가 용서를 빌고 아버지의 뜻을 따르는 것이 순리라고 생각하고 있었다.

이번에는 맞은편에 앉아 있던 프란치스코가 일어나 사람들 앞으로 무거운 발걸음을 옮기기 시작했다. 안쓰러울 만큼 축 늘어진 어깨가 괴로운 그의 심경을 보여주는 듯했다. 사람들은 아마도 저 젊은이가 아버지 앞에서 사죄하고 무릎을 꿇을 거라고 생각했다. 하지만 사람들 앞에 선 프란치스코가 눈물을 흘리며

꺼낸 말은 모두의 예상을 완전히 뒤집는 것이었다.

"지금까지 저 프란치스코는 피에트로 베르나르도네의 아들로 살아왔습니다. 하지만 이제부터 저는 하늘에 계신 하느님 아버지의 아들로 살아가겠습니다. 저는 지금 당장 지금까지 제 아버지였던 피에트로 베르나르도네에게서 받은 돈과 옷과 모든 것을 다 돌려 드리도록 하겠습니다. 물론 앞으로도 그분에게서 재산을 물려받거나 물질적인 도움을 받기를 기대하지 않을 것입니다."

그리고 누가 말릴 겨를도 없이 그 자리에서 자신이 입고 있던, 아버지 피에트로의 돈으로 산 옷들을 모두 벗었다. 전혀 예상하지 못했던 프란치스코의 행동에 놀란 사람들은 갑자기 드러난 그의 알몸을 차마 볼 수가 없어 얼굴을 돌리거나 눈을 가렸다. 하지만 프란치스코는 아무 동요 없이 벗은 옷을 곱게 접어 놓고 자신이 가지고 있던 마지막 한 푼까지 모두 집어넣은 돈 주머니를 그 위에 포개 들고는 아버지의 발 아래에 내려놓았다. 피에트로 역시 너무 뜻밖의 행동에 놀란 듯 아무 말도 하지 못하고 그저 그의 행동을 지켜보고만 있을 뿐이었다. 그제야 주교는 자신이 어깨에 걸치고 있던 하얀 망토를 벗어 프란치스코의 알몸을 감싸 주었다.

넋이 나간 피에트로는 더 이상 아들에게 어떤 말도 소용이 없다는 사실을 깨달은 듯, 그리고 사람들의 시선을 받고 싶지 않다는 듯 프란치스코가 벗어 놓은 옷과 돈주머니를 쥔 채 서둘러 교회를 빠져나갔다. 그리고 놀란 얼굴로 수군대던 사람들도 하나씩 집으로 돌아갔다.

그렇게 모든 사람들이 돌아가 버린 저녁 무렵, 주교는 프란치스코를 꼭 안고 그의 앞날을 위해 기도해 준 뒤 주교관에서 정원사가 입던 낡은 옷 한 벌을 찾아 내주었다. 그리고 프란치스코는 그 옷을 감사하게 받아 등에 분필로 커다란 십자가를 그려 넣었다. 오직 하느님만을 따르며 벗은 몸을 가릴 한 조각의 천에도 감사하고 만족하는 삶을 살겠다는 다짐이었다. 그는 주교에게 감사의 인사를 드린 뒤, 그 옷을 걸치고는 역시 교회 문을 나섰다.

그길로 프란치스코는 머나먼 순례와 방랑의 길을 떠났다. 제일 먼저 고향 마을을 떠나 수바시오 산 꼭대기에 올라 기도하며 새로운 삶을 시작한 일과, 앞으로의 계획에 대해 하느님과 의논했다. 그리고 산에서 내려온 뒤 다시 굽비오와 팔바브라카 같은 이웃 도시들을 떠돌며 구걸해서 먹고, 거리에서 잠들고, 기도하고, 찬송하고, 또 걸었다. 그러다가 수도원을 만나면 며칠씩 허드렛일을 해 주고 밥을 얻어먹으며 머물기도 했고, 나환자들을 만나면 그 상처에 입을 맞추고 씻어 주고 상처를 치료해 주고 꼭 안아 주기도 했다.

그렇게 한동안 주변 도시들을 떠돌면서 마음을 정리하고 결심을 더욱 굳건히 한 프란치스코는 얼마 뒤 고향 아시시로 돌아왔다. 그리고 하느님의 말씀대로 곧 고향 마을에서 그가 해야 할 일을 발견하게 된다.

하루는 한 허름한 성당 앞을 지나다가 문득 그곳으로 들어가서 기도를 하고 싶다는 생각이 들었다. 그래서 그 성당 안으로 들어가서 기도를 하고 있는데, 그때 다시 한 번 하느님의 목소리를 듣게 되었다.

"프란치스코야. 나의 집이 쓰러져 가는 것이 보이지 않느냐. 나의 집을 고쳐라."

그곳은 아시시 외곽에 있던 산 다미아노 성당이라는 곳이었다. 한동안 많은 사람들의 발길이 닿지 않은 곳인 듯 성당은 한적하면서도 지저분했고, 또 이곳저곳의 담장과 벽이 허물어져 내리고 있었다. 수십 년 동안 서서히 무너져 내리던 성당이었고, 새삼 그것을 고쳐야 한다는 생각을 하는 사람도 아무도 없었다. 프란치스코는 그곳을 고치는 것이 자신이 하느님으로부터 받은 첫 번째 임무라고 생각했다. 그는 그날부터 곧장 성당 고치는 일에 발 벗고 나섰다.

성당을 고치기 위해서는 시간과 땀과 정성도 필요했지만, 적지 않은 돈 역시 필요했다. 이제 가진 것이 아무 것도 없는 프란치스코가 돈을 구할 방법은 구걸 밖에는 없었다. 프란치스코는 아시시 거리로 나가 구걸을 해서 돈을 구했고, 그렇게 구한 돈으로 성당을 보수할 도구와 재료들을 샀다. 모르타르와 석회를 사고, 직접 무거운 돌을 지고 나르며 무너진 성당 벽을 다시 쌓아 올리는 동안 도시의 사람들은 멀찍이에서 혀를 차며 구경을 하고 있었을 뿐이었다. 하지만 그는 아무도 원망하거나 비난하지 않고, 그 모든 일을 혼자서 묵묵히 해냈다. 프란치스코는 어린 시절 페루자 군대와의 전쟁을 준비하면서 성벽을 쌓아 본 경험이 있었기 때문에 성당을 고치는 일도 비교적 잘 해낼 수가 있었다. 그렇게 아무 생각 없이 경험했던 일들이 뜻밖에도 하느님의 일을 하는 데 큰 도움이 된다는 사실에 대해 그는 스스로도 놀라워하며 특별히 감사했다. 그로서는 사람이 살면서 겪은 아주 사소한 일들조차도 이미 오래전부터 하느님이 계획해 둔 것이라는 점을 되새길 수 있는 대목이었다.

그렇게 여름과 가을 내내 구걸을 하고 돌을 나르고 다시 쌓아 올리는 일을 거듭한 끝에 프란치스코는 혼자 힘으로 산 다미아노 성당의 수리를 마칠 수 있었다. 하지만 그것으로 끝이 아니었다. 무너져 내려가던 성당은 그곳만이 아니었기 때문이다. 그는 곧 시 외곽에 있던 성 베드로 성당을 고치는 일에 매달렸고, 그것이 완성되자 또다시 아시시 들판에 있던 성 포르치운쿨라 성당을 똑같은 방식으로 수리했다. 그리고 그 일이 끝나자 이번에는 성 마리아 성당에 매달려 그곳을 원래대로 복원해 냈다. 그렇게 그는 아시시 안팎에서 무너져 내리고 있던 네 곳의 성당을 수리하는 일을 끝내 마치고야 말았다. 모두 합하면 무려 7년이나 걸린 일이었다. 그 짧지 않은 세월 동안 프란치스코는 춥고 배고프고 힘든 것에 더해, 날마다 해마다 같은 일을 반복하는 무료함마저 마다하지 않고 그 일을 감수해 냈던 것이다.

6

이웃과 함께

구걸을 해서 모은 돈과 직접 어깨에 짊어져서 나른 돌로 아시시 안팎에 있던 거의 모든 성당들을 직접 고치고 복원하는 동안, 도시의 사람들은 조금씩 프란치스코를 다른 눈으로 보기 시작했다. 그가 가족들과 많은 재산을 마다하고 거리로 뛰쳐나가 거지 행세를 하는 것이 무슨 병에 걸리거나 귀신이 들어 정신이 나갔기 때문이 아니라, 온몸과 마음을 다해 하느님을 섬기고 그 뜻을 따르려는 큰 결심 때문이라는 점을 조금씩 이해하게 되었던 것이다.

처음에는 비웃고 경멸하던 사람들 중에서도 점차 그를 이해하고 인정하는 사람들이 많아졌고, 또 어떤 사람은 그의 치열하고 진실한 모습을 보면서 조금씩 존경하는 마음을 가지게 되었다. 그리고 7년여의 세월이 흐르고 도시 안팎에 있던 성당들을 수리하는 일이 대략 마무리될 즈음에는 프란치스코는 아시시에서 가장 존경받는 사람 중의 하나가 되어 있었다.

그 시대에 교황의 힘은, 때로는 황제조차도 꼼짝 못할 만큼 강했다. 불과 백여 년 전 교황에게 파문당한 신성 로마 제국의 황제가 부인과 함께, 교황이 머물던 카놋사 궁전 성문 앞에서 사흘 동안이나 맨발로 서서 눈을 맞으며 용서를 빌었던 '카놋사의 굴욕'이라는 사건이 벌어지기도 했을 정도였다. 온 유럽의 젊은이들을 들끓게 한 십자군 전쟁도 그런 교황의 힘이 있었기 때문에 가능한 것이기도 했다. 하지만 교황의 힘이 강하다는 것이 곧 교회의 힘이 강하다는 것을 의미하지는 않았다. 반대로 도시와 마을 곳곳에서 교회의 권위는 오히려 바닥에 떨어져 있었다. 교황이 황제와의 권력 싸움에 몰두해 있는 동안 적지 않은 성직자들 역시 영주와 권력 다툼을 벌이거나 자신의 사리사욕을 채우기 위해 하느님의 가르침과 동떨어진 모습을 보이곤 했기 때문이다.

그렇게 세속적인 가치와 권력에 정신이 팔려 있던 성직자들이 돈도 없고 힘도 없는 가난한 사람들에게 별다른 관심을 가질 리 없었다. 그들은 힘과 돈을 나누어 줄 수 있는 부자와 귀족들 앞에서만 설교하기를 즐겼고, 그들을 대신해서만 축복을 간구하는 기도를 했다. 그러는 사이에 주로 가난한 사람들이 예배를 드리던 도시 곳곳의 성당은 허물어져 내리고 있었고, 성직자들에 대한 사람들의 존경심 역시 함께 조금씩 무너져 내리고 있었다. 바로 그런 시대에 프란치스코는 누구보다 부유하고 편안하게 살 수 있었던 기회를 내던져 버리고 스스로 아무 것도 가지지 않은 가난한 사람이 되어 나병 환자의 문드러진 살에 스스럼없이 입을 맞추고, 거리에서 구걸을 해가며 무너져 내리던 성당을 다시 세웠던 것이다. 그런 프란치스코의 모습은 많은 사람들에게 그야말로 신선한 충격이 아닐 수 없었다.

어쨌든 한때는 돈을 물 쓰듯 펑펑 써 대던 허영심 가득한 젊은이로, 그리고 또 한때는 뭔가 정신이 나가 버린 듯한 불쌍한 청년으로 아시시 사람들 사이에서 유명했던 프란치스코라는 이름은 그의 나이 서른에 가까워질 무렵엔 어느덧 도시 안에서 가장 존경스러운 수도자의 이름으로 바뀌어 있었다. 그리고 그가 하느님의 뜻에 대해 설교를 하는 날이면 그야말로 구름 같은 청중이 모여들기 시작했다.

사실 프란치스코는 성경에 대해 공부를 많이 했던 사람이 아니었다. 물론 성경을 열심히 읽긴 했지만 그는 어린 시절부터 성직자의 길로 들어선 사람이 아니었고, 수도원이나 학교에서 성경에 대한 집중적인 교육을 받거나 연구를 하던 사람도 아니었다. 그보다 더 성경에 대해 잘 알고 깊이 연구한 성직자들은 도시 안에도 여러 명이 있었다. 프란치스코는 성경에 대한 지식보다는 오히려 기도와 행동을 더 중요하게 생각하는 사람이기도 했다. 그리고 그에게 대단한 언변이 있는 것도 아니었다. 그의 설교는 단순했고, 늘 비슷했다. 그의 설교가 이르는 결론은 대개 하느님을 사랑하고 경외하라는 것이거나, 혹은 악을 버리고 선을 행하라는 것이었다.

하지만 그럼에도 불구하고 많은 사람들이 프란치스코의 설교를 좋아했던 이유가 있었다. 그중 하나는 그가 늘 남에게 설교를 하기 전에 반드시 먼저 그 내용을 스스로 실천하고 경험한다는 원칙을 가지고 있었다는 점이다. 혼자 생각한 것이나 읽고 들은 것만을 가지고 설교한 것이 아니라 그중에서 직접 경험하고 검증한 내용들만을 남들 앞에서 이야기하고 권고했다는 뜻이다. 바로 그랬기 때문에 그는 비록 소박한 내용일망정 그것에 대해 확신을 가지고 말할 수 있었고, 그만큼 분명하게 전달할 수 있었던 것이다.

하지만 더 중요한 이유는, 무엇보다도 그의 설명이 쉬웠기 때문이다. 성직자와 귀족들만이 성경을 읽을 수 있었던 그 시대에는 설교도 어려운 라틴어로만 했기 때문에 가난하고 배우지 못한 사람들은 도무지 알아들을 수가 없었다. 하지만 프란치스코는 격식을 지키는 것보다는 사람들에게 하느님의 뜻과 이야기를 전하고 이해시키는 것 자체가 무엇보다도 중요하다고 생각했다. 그래서 아시시의 사람들에게는 이탈리아어로, 그중에서도 아시시 지방의 방언을 사용해 설교했다. 그리고 때로는 어려운 내용을 쉽게 전달하기 위해 그저 잠자코 강단에 서서 말로만 전하는 것이 아니라 마치 연극을 하는 것처럼 직접 행동을 곁들여 보이기도 하면서 더 쉽게 이해시킬 수 있는 방법을 찾았다. 예를 들어 성경 속에 서술된 양과 목자의 비유를 설명할 때는 직접 양을 안아든 채 설명하는 식으로 소품을 활용하기도 했을 정도였다.

그렇게 쉽고, 생생하고, 또 직접 실천을 함으로써 확인한 구체적이고 분명한 이야기들이었기에 많은 사람들이 듣고 이해할 수 있었고 또 감동할 수 있었다. 그리고 설교를 끝낼 때마다 프란치스코는 '이 말씀을 꼭 실천하세요.' 하고 강조했기 때문에 많은 사람들의 삶과 행동을 직접적으로 변화시킬 수도 있었다.

그래서 늘 그가 설교를 할 때마다 많은 사람들이 몰려들었다. 하지만 프란치스코는 군중의 수를 중요하게 생각하지는 않았다. 수백 명의 군중 앞에서 설교를 할 때나, 아니면 고작 서너 명의 나병 환자들 앞에서 설교를 할 때나 그의 표정과 목소리와 감정은 다르지 않았다. 그는 자신의 설교를 듣기 위해 모여든 사람들의 숫자가 자신의 영광을 증명한다고 생각하는 것이 아니라, 몇 명의 사람이든 상관없이 하느님의 뜻을 전하는 똑같은 역할을 한다고 생각하는 사람이었기 때문이다.

또한 그는 가난하고 병든 이들을 만날 때마다 자신이 가진 모든 것을 내주었지만 한 번도 그것을 '베푼다'거나 '착한 일을 한다'고 생각하지 않았다. 자신이 하느님에게 칭찬을 받을 만한 일을 한다는 생각을 하지도 않았다. 그는 오히려 가난한 이들에게 자신이 가진 것을 주지 않는 일이야말로 죄악이라고 생각하는 사람이었다.

그는 훗날 아픈 몸을 이끌고 길을 가다가 옷을 제대로 입지 못한 거지를 만났을 때, 그에게 외투를 벗어 주려는 것을 제자들이 만류하자 그 제자들에게 이렇게 말한 적이 있었다.

"이 외투는 저분에게 드려야만 합니다. 이 외투는 저분의 것이 기 때문입니다. 우리가 가진 모든 것들은 단지 그것을 더욱 필 요로 하는 사람을 찾을 때까지만 빌려서 쓰고 있는 것일 뿐입 니다. 만약 내가 가진 것을 더 필요로 하는 사람을 만나고도 그에게 주지 않는다면, 하느님은 내가 그것을 그 사람으로부 터 도둑질한 것이나 다름없다고 여기실 것입니다."

만약 어떤 사람이 부모님으로부터 따뜻한 외투를 선물 받았다 고 생각해 보자. 그런데 동생이 감기에 걸려 오들오들 떨고 있는 것을 보면서도 그 외투는 자기 것이라는 생각에 내주지 않았다 고 하자. 만약 부모님이 그 사실을 알게 된다면, 그것은 아들의 판단을 존중해야 하며 자신의 소유물에 대한 권리를 지킨 아들 에게 아무 잘못이 없다고 생각하실까? 더 절실하게 필요한 사람 에게 자신의 것을 내주지 않는 것은 하느님이 볼 때 잘못된 일이 라는 프란치스코의 생각은 보통 사람들에게는 이상하게 들릴지 도 모른다. 그러나 그것은 사실 각자의 이기심을 채우기 위한 몰 염치를 권리라는 이름으로 장식하며 서로 묵인해 주는 우리 사 회의 관습과 문화 때문인지도 모른다. 그것을 걷어 내고 본다면 프란치스코의 생각은 너무나도 당연하고 상식적인 이야기라고도 할 수 있다. 그래서 프란치스코는 위대한 사상가가 아니라 천진난만한 수도자였고, 역설적이게도 바로 그랬기에 오히려 많은 이들의 삶을 통째로 뒤흔들어 놓을 수 있었다.

돈도 없고 힘도 없고 배운 것도 없는 자신들을 위해 아무 대가 없이 설교하고 기도해 주는 프란치스코는 아시시의 모든 가난한 사람들에게 너무나 고마운 은인이었고, 그 존재만으로 놀라운 기적 같은 사람이었다. 그의 이름은 점점 더 유명해졌고, 그에 관한 이야기들은 입에서 입으로 전해지며 더 크고 아름답게 꾸며지기도 했다. 그래서 아시시뿐만 아니라 프란치스코가 떠돌며 설교를 하고 기도를 했던 이탈리아의 이웃 도시 곳곳에서는 그가 일으킨 기적들에 대한 여러 가지 소문들이 번져가기도 했다. 곳곳에서 프란치스코의 기도를 받은 뒤 보이지 않던 눈을 떠서 앞을 볼 수 있게 된 이들, 나을 수 없는 병과 장애가 치료된 이들, 심지어는 죽었다가 다시 살아난 수많은 사람들에 관한 이야기들이 넘쳐 났던 것이다.

물론 충실히 그의 뜻을 따른 대리자 프란치스코의 입과 손을 통해 하느님이 일으킨 기적이 일어났을 수도 있는 일이다. 하지만 그렇지 않고 그것이 어느 만큼씩 과장되거나 만들어진 이야기라고 하더라도, 그것은 수백 년 넘게 성직자들에게마저 외면

받고 버려지다시피 했던 가난한 사람들의 마음이 프란치스코라는 한 가난하고 성실한 수도자에 의해 얼마나 큰 위로와 치유를 받을 수 있었는지를 보여주는 대목임에는 틀림없다.

7

생명과 함께

프란치스코는 아시시와 그 주변 도시의 사람들 사이에서 가장 존경받는 사람이기도 했지만, 동시에 가장 신비로운 소문들을 많이 몰고 다니는 사람이기도 했다. 그에 관한 신비로운 소문들 중에는 불치의 병을 치료하거나 죽은 사람을 살린 기적에 관한 것들이 가장 많았지만, 그 밖에 동물이나 자연과 관련된 이야기들도 적지 않았다.

예컨대 그레치오라는 마을에서는 어떤 사람에게 선물로 산토

끼 한 마리를 받게 되자 프란치스코는 그 토끼를 위해 기도하고 곧장 산에 놓아주려고 했다. 하지만 오히려 토끼는 좀처럼 프란치스코의 품을 떠나려 하지 않았다고 한다. 당시 이러한 이야기들이 주변에 널리 퍼져 있었다. 또 피에딜루코라는 호숫가에서도 어부가 잡아서 선물한 물새 한 마리를 물가에 풀어 주려고 했지만, 그 새 역시 프란치스코의 품에 안겨 도무지 날아가려고 하지 않더라는 이야기가 널리 알려져 있었다.

그 밖에 어느 여름 포르치운쿨라 수도원의 나무에 매미들이 앉아 있었는데, 프란치스코가 "너의 창조주인 하느님을 찬양하라."라고 하자 울기 시작했고, "이제 떠나라."라고 명하자 곧 울음을 멈추고 날아가 버렸다는 이야기가 있었다. 베네치아 호숫가에서는 수도자들과 예배하려고 할 때 물새들이 우는 소리가 너무 커서 방해가 되자 프란치스코가 일어나 새들을 향해 "새 자매들이여, 하느님께 우리가 찬양을 드릴 때까지 지저귐을 잠시 멈춰주십시오."라고 부탁을 했더니 물새들이 곧 울음을 멈췄다는 이야기도 있었다.

그리고 마찬가지로 프란치스코가 배를 타고 강을 건널 때면 물고기들이 그 뒤를 따라 헤엄쳤고, 산길을 걸으면 산짐승들이 그의 뒤를 졸졸 따라가며 걸었다는 이야기가 여러 마을에서 전해졌다. 또 어느 마을에서는 가축을 습격해 한동안 마을 사람들에게 큰 피해를 입히던 늑대 떼를 향해 프란치스코가 그만 멈추어 주기를 부탁하자 곧 습격을 멈추었다는 이야기가 널리 알려져 있었고, 심지어 또 다른 어느 마을에서는 생명이 없는 우박마저도 프란치스코가 명하자 곧 그쳤다는 증언이 있었다.

그 이야기들 중에서도 어떤 것은 사실이겠지만 또 어떤 것은 누군가 지어냈거나 최소한 부풀려진 것일지도 모른다. 하지만 실제로 그것이 사실이든 부풀려진 것이든 그런 이야기들이 많이 퍼져 있었고, 또 많은 사람들이 믿고 있었다는 점만은 분명한 사실이다. 그리고 그랬던 데도 분명한 이유가 있었다.

예컨대 이런 일이 있었다. 프란치스코가 제자들과 함께 베바냐라는 마을 근처를 지날 때였다. 그곳에서 그는 마침 온갖 종류의 새들이 모여 앉아 새까맣게 들판을 뒤덮고 있는 것을 보게 되었다. 그러자 프란치스코는 그 새들을 향해 다가가 인사를 건넸다. 그리고 마치 수많은 군중들 앞에 선 것처럼 설교를 하기 시작했다.

"새 형제들, 당신들은 당신들을 지으신 하느님을 찬양해야 합니다. 그분은 여러분을 깃털로써 옷 입혀 주시고, 날개를 주어 날 수 있게 하셨으며, 또 자유롭게 날아다닐 수 있는 거대한 하늘도 주셨습니다. 그리고 그 넓은 하늘을 매일 날아다녀도 지치지 않을 수 있는 새로운 힘을 늘 주고 계십니다."

그와 동행하다가 그 모습을 지켜본 다른 수도자들은, 프란치스코가 설교를 하는 동안 새들이 한 마리도 자리를 뜨지 않고 그를 지켜보며 경청했고, 프란치스코의 축복의 기도까지 받은 뒤에야 멀리 날아갔다고 증언했다. 물론 그것 역시 어느 만큼은 과장된 이야기일지도 모른다. 정말 새들이 설교가 이어지는 동안 자리를 지켰는지, 프란치스코를 주목하며 설교를 경청했는지, 축복의 기도를 받은 뒤에야 자리를 떴는지 확실히 알 수 없다. 하지만 프란치스코가 새들을 향해 설교를 했다는 것만은 분명한 사실이다. 그리고 설교를 마친 뒤 프란치스코는 그 모습을 신기하다는 듯 지켜보고 있던 동료 수도자들에게 이렇게 말했다고 한다.

"우리와 마찬가지로 하느님께서 지으신 새 형제들에게, 저는 왜 지금까지 한 번도 설교를 할 생각을 하지 않았을까요? 그들을 무시하고 그냥 지나치며 살아왔던 저는 정말 게으르고 어리석은 사람입니다."

어떤 사람은 그런 프란치스코를 미쳤다고 생각했는지도 모른다. 혹은 사람들에게 보여주기 위한 어떤 과장된 쇼맨십 정도로 치부하는 사람이 있었을지도 모른다. 그리고 오늘날에도 사람과 같은 지각이 없는 동물들에게 사람의 언어를 가지고 설교를 하는 것은 아무 의미가 없는 일이라고 생각하는 사람들이 많을 것이다. 하지만 프란치스코의 이런 행동들은 나름대로 분명한 주관과 확신에서 비롯되는 것이었다.

모든 기독교인들이 예배 때마다 입을 모아 암송하며 신앙 고백의 수단으로 사용하는 '사도신경'의 첫 문장은 이렇게 시작한다.

"나는 전능하신 하느님 아버지, 천지의 창조주를 믿습니다."

어쩌면 많은 사람들이 습관처럼 입으로는 외우면서도 그 자세한 의미를 깊이 음미해 본 적이 없었을 그 한 문장을 철저하게 자신의 신념으로 받아들인 이가 바로 프란치스코였다.

천지, 즉 이 세상의 모든 것이 하느님에 의해 만들어진 것이라면, 이 세상의 모든 것은 그런 점에서 본질적으로 똑같은 존재이

며, 그 무엇도 우리가 함부로 대하고 무시해서는 안 되는 귀한 것이라고도 할 수 있다.

말하자면 이 세상에 살아가는 모든 인간들뿐만 아니라 모든 동물, 식물, 심지어 돌이나 물이나 바람 같이 생명 없는 사물들까지도 모두 하느님이라는 공통의 아버지로부터 태어난 형제나 자매와 같은 관계라고 이해한 것이다.

그런 생각을 가지고 있었기 때문에 프란치스코에게는 이 세상의 모든 만물이 귀한 것이었고, 또 친근한 존재였다. 그래서 그는 걸음을 걸을 때도 혹시라도 무심코 개미를 밟을까봐 바닥을 주시하며 조심스럽게 걸었고, 그러다가 힘없이 꿈틀대는 지렁이라도 만나면 다른 사람에게 밟히지 않도록 안전한 곳으로 옮겨준 다음에야 길을 가곤 했다. 산길을 지날 때는 집 없는 새들을 위해 집을 지어주기도 했고, 어미 잃은 새끼 새를 보면 거두어 자식처럼 키우기도 했다.

그런 생각과 태도는 동물뿐만 아니라 나무나 풀 같은 식물에 대해서도 마찬가지였고, 돌이나 물 같은 무생물에 대해서도 다르지 않았다. 숲길을 지날 때면 들꽃 한 포기라도 무심코 밟거나 다치게 할까봐 조심해서 걸었고 산길을 지나다가 나무를 베는 나무꾼을 만나면 "나무에서 다시 가지가 자라 나올 수 있도록 밑둥은 넉넉하게 남겨 달라."라고 부탁을 하고 지나가기도 했다. 그리고 길 위의 돌 한 개도 함부로 발로 차지 않았고, 심지어는 손을 씻은 뒤에도 물방울을 함부로 튕겨 밟히게 하지 않으려고 애썼다.

물론 사람이 동물이나 식물을 먹어야만 살 수 있고 돌을 깎고 쌓아올려야만 성당을 지을 수 있다는 것을 그도 잘 알고 있었다. 고기 음식을 즐기지는 않았지만 병을 치른 뒤 몸이 많이 허약해졌을 때는 몇 번 고기 음식을 먹은 적도 있었다. 식물도 존중하고 사랑하기는 했지만, 그렇다고 먹지 말아야 한다고 생각한 것은 아니었다.

하지만 본질적으로 그 모든 것과 사람이 하느님으로부터 나온 똑같은 존재이며, 하느님이 인간에게 그 귀한 것들을 이용하며 살아갈 수 있도록 특별히 허락해 주었다는 사실을 잊지 않았다. 그래서 그는 꼭 필요한 것이 아니라면 하느님의 창조물들을 해치거나 손상시키지 않으려고 노력했고, 부득이할 경우에는 먼저 그것을 주신 하느님과 그 피조물에 대한 감사한 마음과 미안한 마음을 담아 기도를 드린 뒤에야 그것을 이용하곤 했다. 단지 맛이나 멋을 즐기기 위해, 혹은 돈을 벌거나 더 큰 즐거움을 누리기 위해 함부로 파괴하는 것은 그가 가장 경계하는 일이었다.

오늘날 많은 사람들은 더 맛있는 음식을 즐기고 더 많은 돈을 벌어들이기 위해 엄청나게 많은 가축들을 끔찍하게 좁고 잔인한 환경에서 키우고 있다. 마치 공장에서 찍어내는 물건처럼 엄청난 양의 항생제와 성장 촉진제를 먹여 가며 억지로 키우고 있는 것이다. 그리고 그렇게 대량으로 생산되는 가축의 고기들 중에서도 인기가 좋은 몇몇 부위를 제외한 많은 부분들은 그대로 버려지고 있다. 그 때문에 미처 감당하기 어려울 만큼 많은 도축 부산물과 음식물 쓰레기가 만들어져 환경 오염의 원인이 되고 있으며, 약물 남용에서 비롯된 온갖 질병과 부작용이 문제가 되고 있다. 그뿐만 아니라 가축들에게 먹일 사료들을 재배하느라 거꾸로 곡식을 키울 땅이 줄어들면서 정작 가난한 나라의 사람들은 굶주리게 되는 역설적인 재앙이 발생하기도 한다.

물론 그것은 오늘날의 사람들이 단지 더 큰 즐거움과 만족을 위해 불필요하게 자연을 파괴하면서 생겨나는 문제들의 아주 작은 단면에 불과하다. 너무 많은 건물과 도로와 다리를 짓느라 숲과 돌과 물이 파괴되거나 오염되고 있고, 너무 많은 석유를 퍼 올리고 태우느라 맑은 공기와 많은 동식물과 인간의 생명이 희생되고 있다. 그리고 그것은 오늘날 현대 사회의 일상이 되어 버렸다.

바로 그런 일상에 비추어 볼 때, 동물과 식물뿐 아니라 물과 돌과 공기마저 사랑하고 소중히 여기며, 그들과 친밀한 관계를 맺으려 했던 프란치스코의 태도는 단지 보기에 아름다운 것만은 아닐 것이다. 그것은 모든 인간이 함께 살아가기 위해 반드시 알고 지켜야만 하는 생존의 길이었음이 역사 속에서 서서히 입증되고 있는 것이다.

8

잘 썩은 밀알

이전까지 아시시 사람들이 보아온 성직자들 중에는 훌륭한 이
도 있고 그렇지 못한 이들도 있었다. 하지만 어떤 경우든 평범한
이들에게는 너무나 멀게만 느껴지는 사람들이었기 때문에 존경
하거나 두려워할 뿐, 친구나 이웃처럼 만나고 대할 수 있는 이들
은 많지 않았다. 그 시대에 성직자들은 높은 지위에서 여러 가지
특권을 누리는 경우도 많았고, 또 그렇지 않더라도 주로 귀족들
하고만 어울리면서 보통 사람들이 알아들을 수 없는 라틴어로

성경을 읽고 설교를 하는 이들이 많았기 때문이다. 따라서 대부분의 사람들에게 성직자의 설교나 가르침은 이해하고 공감하며 따를 수 있는 것이 아니라, 이해하지도 못한 채 무조건 따라야만 하는 막연하고도 무서운 명령으로만 여겨지곤 했던 것이다.

하지만 프란치스코는 달랐다. 아무 것도 가지지 않은 채 도시의 누구보다도 더 낮은 자리에서 가난하게 살아가는 그는 언제나 거리에서 만날 수 있는 사람이었다. 또한 그는 누구나 알아들을 수 있는 쉬운 말로 설교했으며, 설교하는 내용들을 직접 몸으로 실천하며 구체적으로 보여주었다. 그래서 그의 말을 듣고 그의 삶을 지켜보는 것만으로도 사람들은 어떻게 사는 것이 예수의 뜻대로, 예수처럼 사는 것인지를 알 수 있었던 것이다. 그리고 그가 온몸으로 살아 내면서 보여주는 예수의 뜻은 비록 보통의 사람들이 따라하기 어려운 것이긴 했지만, 충분히 아름답고 값진 것이기도 했다. 곳곳에서 적지 않은 사람들이 그런 길을 가기 위해 자신이 가진 재산과 특권과 가족까지도 모두 버리고 프란치스코를 따라 나서게 된 것은 그래서 어쩌면 당연한 일이었는지도 모른다.

오늘날까지 이름이 전해지는 프란치스코의 첫 번째 제자는 베르나르도라는 사람이었다. 그는 프란치스코의 아버지인 피에트로 못지않은 큰 상인이자 많은 돈을 가진 부자였다. 하지만, 프란치스코를 만난 뒤 자신이 가진 모든 재산을 가난한 이들에게 나누어 주고 스스로 구걸하며 살아가는 수도자의 삶을 택했다. 그리고 두 번째 제자는, 아시시의 이름난 변호사였지만 역시 모든 돈과 명예와 지위를 내던지고 프란치스코를 따라나선 베드로였다. 그들 역시 원래 가난한 운명을 타고 난 이들이 아니었고 오히려 사람들이 부러워할 만한 돈과 명예를 가진 이들이었다. 그러나 프란치스코를 만난 뒤 기꺼이 가난한 삶을 선택했다.

그렇게 고향 아시시에서 두 명의 제자를 얻은 프란치스코는 좀 더 많은 이들에게 하느님의 뜻을 전하기 위해 제자들과 함께 더 넓은 땅으로 길을 떠나기로 했다. 그리고 그렇게 함께 선교 여행을 떠난 세 사람은 가는 곳마다 가장 모진 병에 걸린 환자들을 찾아 돌보고, 가장 험하게 무너져 내린 성당을 고치고, 또 가장 겸손한 모습으로 사람들을 만나며 설교를 했다. 그리고 다니는 곳마다 헌신적인 모습으로 가난한 이들을 위해 봉사하며, 쉽고 진실된 말로써 설교하는 자신들에게 마음을 열어 주는 많은 사람들을 만날 수 있었다. 그리고 그중에서도 특히 아드리아 해 쪽으로 가는 길에서 만난 에지디오, 사바티노, 모리코, 요한이라는 이름의 네 사람은 그들과 함께하겠노라며 자신들이 가진 모든 것을 가난한 이들에게 나누어 주고 길을 따라나섰다. 그들은 그렇게 모두 7명의 가족을 이루게 됐다.

누더기를 걸치고 다니며 설교를 하고, 봉사를 하고, 그러다가 구걸을 해서 먹고 자면서도 불쌍한 이웃을 만나면 가진 모든 것을 나누어 주는 그들의 모습이 신기하게 보였던지, 사람들은 종종 "당신들은 도대체 누구냐?"라고 물어오곤 했다. 하지만 특별히 어떤 목적을 가지고 만든 조직도 아니고, 그래서 따로 이름을 지으려고 한 적도 없는 그들은 그저 자신들이 '회개하는 사람들'이라고 답하곤 했을 뿐이었다.

하지만 그렇게 이름도 없고 목적도 없는, 그래서 따라나선다고 해서 어떤 보상도 약속해 줄 수 없는 그들이었지만, 시간이 갈수록 이들과 함께하고 싶어하는 사람들은 점점 더 늘어났다. 많은 이들이 지금까지 막연하고 멀게만 느껴졌던 하느님의 뜻을 가까이에서 듣고 구체적으로 실천할 방법을 알게 된 것을 큰 기쁨으로 여겼던 것이다.

필립보 롱고, 산 코스탈로의 요한, 바르바루스, 첫 번째 제자와 이름이 같은 비질란지오 마을 출신의 베르나르도, 그리고 원래 기사였지만 길에서 프란치스코의 제자들을 만난 뒤 곧장 자신의 모든 무기와 말을 버리고 그들을 따라나선 안젤로 탄크레

디까지. 첫 번째 선교 여행을 마치고 아시시로 돌아왔을 때는 그렇게 다섯 명의 제자들이 다시 합류하면서 그들은 모두 열두 명의 대가족으로 불어나 있었다.

프란치스코를 포함한 열두 명의 수도자들은 아시시 외곽 어느 시냇가의 다 쓰러져 가던 빈 헛간에서 함께 살았다. 열두 명이 함께 살아가기엔 턱없이 좁은 건물이었고, 그나마 지붕과 벽은 비바람조차도 제대로 막아주지 못할 만큼 낡고 부실한 집이었다. 게다가 프란치스코는 제자들이 그 날 먹을 양식 말고는 아무 것도 가지지 말라고 가르치고 있었기 때문에 하루 종일 굶어야 하는 날도 종종 있었다. 성당에 나가서 일을 하거나 거리에서 구걸을 해서 먹을 것을 구할 수 있는 날은 그나마 괜찮았지만, 큰 비가 오거나 해서 오두막 안에서만 하루 종일 머물러야 하는 날은 꼼짝없이 굶는 수밖에 없었다. 비축해 놓은 음식이 없었기 때문에 그렇게 밖으로 나가지 못하는 날에는 열두 명의 수도자들이 함께 풀뿌리를 캐 먹거나, 그마저도 할 수 없는 날에는 고스란히 굶는 수밖에 없었던 것이다. 특히 비가 많이 오는 계절에 며칠씩이나 굶은 열두 명의 수도자들이 비좁은 방 안에서 이곳저곳에 떨어지는 빗물을 피해 어깨를 부딪히며 옹송그리는 모습은, 얼핏 보기에는 정말 비참한 모습이었다. 하지만 그 열두 명의 수도자들 중에서 끝내 그런 삶을 견디지 못하고 원래의 생활로 돌아간 사람은 단 한 사람뿐이었다. 비록 춥고 배고프고 피곤한 삶이었지만, 그 모든 순간에서 즐거움을 발견하고 감사하며 기도하는 삶은 결코 불가능하거나 불행하지 않다는 점을 그들 초창기의 '형제들'이 이미 경험하고 확인했던 것이다.

물론 규칙은 그것 말고도 많았다. 프란치스코의 제자들은 어디에서 어떤 일을 하든지 보답으로 그 날 먹을 만큼의 음식을 받는 것은 괜찮았지만 돈이나 책처럼 모으고 쌓아 둘 수 있는 것으로 받을 수는 없었다. 또한 어디에서 무슨 일을 하더라도 그 안에서 가장 낮은 사람이 되어야 했으며, 관리자나 감독 같은 직책은 맡지 못하도록 되어 있었다. 자신을 위한 일이나, 사람들 앞에 자신을 드러내거나 높이는 어떤 일도 하지 못하도록 되어 있었던 것이다.

사실 그것은 삶 전체를 통틀어 자기만의 것에 대한 미련, 혹은 자신만의 안락과 즐거움에 대한 욕심이 조금이라도 남아 있는 사람이라면 도저히 지키기 어려운 규칙이었다. 그래서 심지어 그런 모습을 지켜보던 아시시의 주교가 '약간의 재물과 양식은 소유할 수 있도록 규칙을 조금 바꾸는 게 좋겠다.'라고 충고를 한 적도 있었을 정도였다. 그리고 얼마 뒤 프란치스코와 그 제자들이 정식으로 수도회를 만들기 위해 교황의 허락을 받으려고 교황청으로 찾아갔을 때, 교황 인노첸시오 3세 역시 비슷한 생각으로 만류하기도 했었다.

"당신과 당신 형제들이 지키려는 것들은 한 수도회의 규칙이되기에는 너무 엄격합니다. 당신들의 마음은 이해하지만, 앞으로 당신들의 길을 따르려는 사람들도 생각해야 하지 않겠습니까? 당신들과 똑같은 열정을 가진 사람이 많지는 않을 테니까 말입니다. 그리고 인간의 본성은 약하기 때문에 한 가지목적을 오랫동안 지켜가기란 힘든 일입니다."

하지만 이미 오랫동안 실제로 아무것도 가지지 않는 가난한 삶을 실천해 온 프란치스코에게 그런 삶의 방식이 비현실적이라는 지적은 통할 수가 없었다. 분명히 어려운 일이긴 했지만, 그것이 현실에서도 충분히 가능한 삶의 방식이라는 점을 바로 눈앞의 프란치스코가 증명했기 때문이다. 그리고 그런 삶은 비록 어렵고 많은 사람이 따를 수는 없는 것이라고 하더라도, 누군가는 그렇게 살아가기 위해 노력할 만한 충분한 가치가 있는 것이라고 프란치스코는 믿고 있었다. 그래서 그렇게 의심을 품거나 만류하려는 사람들을 만날 때마다 프란치스코는 이렇게 답했다.

"저희가 뭔가를 조금이라도 가지게 된다면 그것을 지키고 싶어질 것이고, 지키려고 할 겁니다. 그러면 싸움이 일어나게 되고, 또 그렇게 되면 하느님과 이웃을 사랑하는 일에 큰 방해가 될 겁니다. 그래서 저희는 이 세상에서 어떤 것도 가지기를 원하지 않습니다. 그리고 저희가 하려는 것은 전혀 새롭고 신기한 일이 아닙니다. 저희는 그저 하느님의 뜻만을 바라보며 살려는 것일 뿐입니다."

결국 교황도 수도회의 결성을 승인하고 프란치스코와 제자들을 축복한 뒤 이렇게 말했다.

"형제들이여. 하느님과 함께 가십시오. 그리고 하느님의 말씀을 더 많은 이들에게 전하세요. 하느님께서 당신 같은 사람들이 더 많아지게 해주신다면 나 역시 당신들에게 더 큰 것을 허락하고 더 큰 일을 맡기도록 하겠습니다."

그 뒤로도 한동안 수도회에는 특별히 정해진 이름이 없었다. 그저 수도자들이 스스로 '형제들'이라고 부르는 것을 따라서 부르기도 하고, 가장 가난하고 낮은 이들이라는 뜻을 덧붙여 '작은 형제들' 혹은 '작은 이들'이라고 부르기도 했다. 그러다보니 언젠가부터는 그것이 굳어지면서 '작은 형제 수도회'라는 정식 이름으로 새겨지게 되었다.

작은 형제 수도회(혹은 작은 형제회)에 들어오기 위해서는 모든 재산을 가난한 이들에게 나누어 주어야 했고, 들어온 뒤에도 그날 먹고 입을 것 외에는 아무 것도 가지지 않는다는 엄격한 규율을 지켜야 했다. 물론 그것은 보통의 사람들이 도저히 받아들이고 따르기 어려운 것들이었다. 하지만 뜻밖에도 많은 이들이 작은 형제회에 들어오려고 했고 심지어는 결혼을 한 남자들이나 여자들도 찾아와서 자신들도 함께할 수 있는 방법을 알려 달라고 매달리기도 했다.

특히 '카나라'라는 마을에서는 프란치스코의 설교를 들은 마을의 모든 사람이 작은 형제회에 들어와 함께 길을 떠나겠다고 해서 프란치스코와 작은 형제회 식구들을 당황스럽게 하기도 했다. 물론 많은 사람들이 함께하겠다고 하는 것은 기쁜 일이기는 했지만, 그렇다고 한 마을 모두를 폐가처럼 만들어 버릴 수는 없었기 때문이다. 그리고 그중에 일시적인 열정에 들뜨고 흥분해서 깊은 생각 없이 나선 이들이나, 그런 이들 사이에서 얼떨결에 따라나선 이들에게 차분하게 다시 한 번 생각할 시간을 주는 것도 꼭 필요한 일이었다.

어쨌든 만나는 이들에게 함께하자고 권하는 일보다도 자신의 결정에 대해 다시 한 번 깊이 고민하며 기도하기를 권하는 일이 더 잦을 정도로, 많은 이들이 프란치스코의 제자가 되기를 원했다. 그래서 몇 해 뒤 프란치스코가 무슬림들의 수장인 술탄을 만나러 이집트에 다녀온 뒤 아시시의 포르치운쿨라에서 열었던 첫 번째 작은 형제회의 총회 때는 무려 5천 명이 넘는 수도자들이 몰려드는 일이 벌어지기도 했다. 그때 아시시의 많은 사람들이 저마다 수도자들을 초대해 몇 명씩 재워 주긴 했지만, 그래도 미처 모두 재워줄 수가 없을 만큼 많은 사람들이 한꺼번에 몰려들자 묵을 곳이 없었던 수도자들은 밤이면 도시 안의 길거리 아무데서나 돗자리를 깔고 잠을 자며 총회에 참석해야 했을 정도였다. 그래서 그해의 작은 형제회 총회를 사람들은 '돗자리 총회'라고 부르기도 했다.

그렇게 수많은 제자들을 이끌게 된 뒤에도 프란치스코의 삶은 조금도 달라진 것이 없었다. 더 유명해지고, 더 많은 이들의 존경을 받게 되고, 반대로 나이가 들면서 몸이 쇠약해지기도 했지만 아무것도 가진 것이 없는 삶에는 변함이 없었다. 그리고 조금이라도 더 편한 옷과 좋은 음식을 먹는 일도 없었다. 처음부터 그랬듯 옷감이 너무 곱게 느껴지면 안쪽에 노끈을 묶어 일부러 거칠어지게 만들었고, 음식이 너무 맛있게 느껴지면 재를 뿌려 그 맛을 가린 다음에야 먹었다. 언젠가 그를 따르고 싶었지만 차마 대대로 물려받아온 가산을 포기할 수는 없었던 아시시의 어느 귀족이 수도원을 지을 땅을 기부하고 싶다고 했을 때도 프란치스코는 몇 번이고 거절했었다. 하지만 그 귀족이 여러 번에 걸쳐 받아줄 것을 간곡히 부탁해 오자 결국 '언제든지 마음이 바뀌거나 사정이 변해서 나가라고 하면 모든 것을 버리고 나가겠다.'라는 약속을 해준 다음에야, 꼭 필요한 만큼의 땅만을 빌려서 꼭 필요한 크기의 소박한 건물을 짓기도 했다.

하지만 오랜 세월 동안 자신의 몸을 돌보지 않고 늘 걸어서 먼 곳을 여행하며 살아온 그는 너무 이른 나이에 건강을 잃기 시작했다. 어릴 적 열병을 앓아 목숨을 잃을 뻔 했던 적이 있을 만큼 원래 체질이 강하지 못했던 데다가 평생 제대로 먹지도 못했기에 그의 몸은 끊임없이 쇠약해질 수밖에 없었다. 또 밤에도 늘 맨바닥에서 앉은 채로 잠깐씩만 눈을 부칠 뿐 제대로 잠을 자지도 않았다. 특히 무슬림들의 술탄을 전도하기 위해 이집트에 다녀오는 길에서 심한 눈병을 얻은 뒤로는 눈이 많이 상해서 나중에는 앞을 거의 볼 수 없는 지경에 이르기도 했다. 그때 그의 나이 고작 마흔 살이 조금 넘었을 때였다.

몸이 쇠약해질 대로 쇠약해진 그는 자주 병에 걸리곤 했고, 한번 병에 걸리면 사경을 넘나들 만큼 심하게 앓곤 했다. 한번은 심하게 열이 나면서 사경을 헤매자 그를 위해 수녀들이 고기 음식과 속에 양털 가죽을 덧댄 따뜻한 옷을 가져온 적이 있었다. 그리고 잠깐이나마 따뜻한 옷으로 몸을 보호하고 정성껏 요리한 고기 음식으로 기력을 돋우자 얼마 뒤 열이 내리면서 병을 이겨낼 수 있었다. 하지만 그것마저 부끄럽게 여긴 프란치스코는 건강을 약간이나마 회복하자마자 옷을 벗고 광장의 군중들 앞으로 나아가, 스스로 고행을 하면서도 고기를 먹고 따뜻한 옷을 입은 위선적인 사람이라고 고발하기도 했다.

"여러분! 고행을 하면서도 고기를 먹고 따뜻한 양털 옷을 입은 위선자를 고발합니다. 바로 저입니다. 저는 여러분이 아는 것처럼 거룩한 삶을 사는 사람이 아닙니다. 저는 여전히 유혹과 타협하는 나약한 사람일 뿐입니다. 이것을 분명히 아셔야 합니다."

물론 그렇다고 해서 그에게 손가락질을 하는 사람들은 없었다. 오히려 그렇게 병약해진 몸으로도 철저하게 자신의 윤리적 기준을 지켜 나가는 그의 모습을 보며 숙연해질 뿐이었다. 하지만 그렇게 자기 자신의 건강을 지키기 위한 최소한의 안락함과도 끝까지 타협하지 않으려 했던 태도 때문에 그의 죽음은 조금씩 더 앞당겨질 수밖에 없었다.

그리고 어느 순간부터는, 그 역시 자신의 삶이 얼마 남지 않았음을 알게 되었다. 그리고 죽음이 멀지 않았음을 직감한 프란치스코는 기회가 있을 때마다 제자들에게 편지를 써서 자신의 뜻을 남기기 시작했다.

"여러분에게 권하고 또 간청합니다. 늘 지극히 거룩한 생활과 가난 속에서 살아가세요. 그리고 누가 뭐라고 하더라도 이 생활을 결코 떠나지 않도록, 조심하십시오."

가난한 삶에 대한 태도와 그것을 지켜가기 위해 프란치스코가 만든 규칙이 너무 엄격하다는 지적은 수도회 안팎에서 끊임없이 제기되어 온 것이었다. 그리고 작은 형제회의 가족들이 엄청나게 늘어난 그 무렵에는 수도회 안의 형제들 사이에서도 규칙을 조금은 완화시켜야 한다는 목소리도 심심치 않게 들려오고 있었다. 하지만 프란치스코는 자신이 세상을 떠난 뒤에도 제자들이 자신의 욕망과 함부로 타협하지 말고 가난에 대한 분명한 자세를 이어가 주기를 바랐던 것이다. 조금씩 타협하고 물러서다 보면 나중에는 원래 지키려고 했던 것들을 모두 잃어버리기 쉽다는 것을 잘 알고 있었기 때문이다.

그리고 온갖 어려움과 유혹 가운데서도 그런 가난한 삶을 이어나갈 제자들을 축복했다.

"내가 사랑했고 지금도 사랑하는 것처럼 언제나 서로 사랑하십시오. 그리고 가난한 삶을 사랑하고 존경하십시오."

언젠가 프란치스코가 어느 마을의 시장을 지나다가, 꽁꽁 묶어 놓은 양 한 마리를 앞에 놓고 손님을 기다리던 상인을 만난 적이 있었다. 그 양은 누군가에게 팔려가게 된다면 곧 죽어서 고기가 될 운명이라는 것을 알게 된 프란치스코는 마침 주머니에 가지고 있던 돈을 모두 털어 그 양을 사서 꼭 부둥켜안고 거처로 돌아왔다. 하지만 제자들과 지내기에도 비좁은 수도원 안에서 양을 기를 수는 없는 일이었다. 그래서 마을의 어느 부인에게 '절대

지금도 사랑
하는 것처럼
언제나 사랑
서로 사랑하십시오
그리고 난 삶을
가난한 마음을
사랑하고
존경하십시오

잡아먹지 않겠다.'라는 약속을 받은 뒤 그 양을 선물했었다. 그런데 그 양은 자신의 생명을 구해준 이가 누구인지 잘 알기라도 한다는 듯 성당에 갈 시간만 되면 주둥이로 새 주인이 된 부인을 쿡쿡 찌르거나 울어대는 신기한 행동을 했는데, 그런 일이 마을 사람들 사이에 알려지면서 꽤 유명한 양이 되기도 했었다. 그런데 프란치스코가 자리에 누워 죽음을 기다리고 있다는 소식이 들리자 그 부인은 프란치스코가 구해서 선물했던 그 양의 털을 깎아 실을 짜고 옷을 지어 보내왔다. 그리고 평생 고운 천으로 만든 옷 입기를 거부했던 프란치스코도 자신과 생명의 인연으로 맺어진 양의 마지막 선물만은 물리치지 않았다. 그리고 프란치스코는 그의 나이 고작 마흔 다섯이었던 1226년, 그가 사랑했던 그 작은 생명의 소박한 마지막 선물인 양털 옷을 입은 채 눈을 감았다.

"어느 누구도 죽음 자매의 포옹을 벗어날 수는 없지요."

그는 마지막으로 눈을 감는 순간 가까이 다가온 죽음마저도 '자매'라고 부르며 마주 안았다. 세상의 모든 생명이 그렇듯, 죽음마저도 하느님이 만든 것이기에 그에게는 사랑의 대상일 뿐이었던 것이다.

프란치스코가 세상을 떠난 뒤 작은 형제회에도 여러 가지 변화가 생겼고, 또 논쟁도 이어졌다. 수도회가 처음 인준을 받으려 할 때 교황 인노첸시오 3세가 말했듯, 오랜 세월 동안 많은 제자들이 지켜가기엔 프란치스코가 만든 규칙들이 너무 엄격했기 때문에 생긴 일들이 대부분이었다.

수도회는 프란치스코가 세상을 떠난 뒤에도 끊임없이 성장했고, 수도회가 생긴 지 대략 백여 년이 흐른 13세기 초반 무렵에는 그 회원의 수가 무려 3만 여 명이 넘을 만큼 거대하게 성장하기도 했다. 그렇게 짧은 시간 안에 커다란 성장을 하게 되면서 여러 나라 여러 지방에서 새 회원들이 생기게 되었고, 그들이 여러 곳의 수도원에 나뉘어 생활하게 되자 각자 처한 상황의 차이 때문에 획일적인 규칙을 적용하기 어려운 면도 생겼다. 그러자 곳곳의 수도자들은 수도원마다 각자 서로 다른 자세한 규칙들을 만들어야만 했다. 그런 상황 변화 속에서 교황청이 약간의 융통성을 발휘해서 조금씩 완화시키는 방향으로 규칙들을 고쳐주는 일도 있었다. 그러자 교황청이 고쳐준 조금 느슨해진 규칙대로 살아가는 것만으로도 충분히 프란치스코와 하느님의 뜻을 이어가는 것이라고 생각한 이들도 많아지게 되었다. 하지만, 여전히 프란치스코가 생전에 남긴 규칙을 말과 글 그대로 지켜야만 한다고 주장하는 이들도 적지 않았다. 그런 두 부류의 사람들 사이에 규칙에 관한 논쟁은 끈질기게 이어졌지만, 그것은 쉽게 해결될 수 있는 문제도 아니었다. 물론 양쪽 사람들의 의견이 모두 잘못된 것은 아니었기 때문에, 논쟁이 이어지기는 했지만 심각한 갈등으로까지 비화하거나 한 것은 아니었다.

그래서 프란치스코와 똑같은 방식으로 살아가는 이들은 이제 많지 않다. 하지만 그가 사랑했던 가난과 이웃과 생명에 대한 생각과 태도는 많은 사람들에 의해 여전히 이어지고 있다. 그리고 그로부터 천 년의 세월이 흐르면서 온갖 우여곡절이 있었지만, 오늘날에도 작은 형제회의 역사는 면면히 이어지고 있다. 원래의 작은 형제회는 오랜 세월 동안 성장한 끝에 오늘날 '작은 형제회', '콘벤투알 작은 형제회', '카푸친 작은 형제회'라 불리는 세 개의 수도회로 나뉘어 발전했고, 여성 수도자들의 모임은 '클라라회'라는 이름으로 이어져 수만 명의 회원들이 아직도 프란치스코의 길을 따라 함께 걷고 있다.

하지만 프란치스코의 유산이 꼭 작은 형제회에 소속된 사제와 수도자들에게만 이어지고 있는 것은 아니다. 프란치스코가 세상을 떠난 2년 뒤인 1228년에 그는 성인(聖人)으로 추대된 데

이어 300년쯤 뒤에 갈라져 나간 성공회 교회에 의해서도 성인으로 인정되었다. 그리고 다시 수백 년이 흐른 뒤인 1939년에는 특별히 이탈리아의 수호성인으로, 그리고 1980년에는 생태학자들의 수호성인으로 지정되기도 했다. 천주교회에서 성인으로 추대된다는 것은 다른 모든 신자들에게 모범이 될 만한 영웅적인 삶을 산 사람으로 인정된다는 의미다. 그의 이름을 후대의 많은 신자들이 세례명으로 물려받아 기억하게 되고, 그것을 통해 그가 살아있을 때 행한 덕에 대해 끊임없이 되새기게 된다는 것을 뜻한다. 프란치스코 역시 성인이 됨으로써 그의 고향과 이웃에 대한 사랑, 생명과 자연에 대한 사랑, 그리고 모든 가난한 사람에 대한 사랑과 그런 사랑을 이루기 위한 헌신적이고 희생적인 삶의 자세가 온 세상에 알려지고 이어지게 되었다.

원래 프란치스코라는 이름은 세련된 선진국 시민들의 문화적인 삶을 동경한 장사꾼 아버지의 바람으로 지어진 것이었다. 하지만 정작 그의 삶은 애초에 태어나자마자 어머니에 의해 지어졌다가 아버지에 의해 버려진 지오반니(요한)라는 이름에 더 잘 어울리는 것이었다. 세례 요한이 그랬듯 프란치스코 역시 거리에서 먹고 잠들며, 세상 사람들이 사랑하는 것을 버리고 멀리 하는 것을 사랑하며, 하느님의 뜻을 전파한 사람이었기 때문이다. 그렇게 한 사람의 운명이란 누구도 알 수 없는 것이고, 또 누구도 함부로 바꿀 수 없는 것인지도 모른다.

그리고 어린 시절의 프란치스코가 자신의 운명에 대해 알 수 없었던 것처럼, 역시 젊은 날에는 자신이 훗날 프란치스코라는 이름으로 살아가게 될 줄은 상상도 하지 못했을 한 젊은이가, 성자 프란치스코의 시대에는 미처 세상에 존재하는지조차 알지 못했던 머나먼 땅인 아메리카의 아르헨티나에서 태어났다. 그리고 그 역시 초년의 프란치스코가 그랬듯 여느 젊은이들과 별로 다르지 않은 젊은 시절을 보냈지만, 또한 운명의 이끌림에 따르듯 가난한 이들의 곁으로 흘러드는 삶을 살아가게 된다.

9

✝

이민자 청년 베르고글리오

지금으로부터 200년쯤 전, 유럽에 살던 많은 사람들이 대서양을 건너 아메리카로 이주하기 시작했다. 유럽은 당시 가난과 전쟁과 혼란으로 흔들리고 있었다. 그리고 그 고통을 고스란히 감당해야 했던 제일 밑바닥의 약한 사람들은 살아남기 위해 각자 자신의 나라를 떠나 새로운 기회가 기다리는 땅으로 이주할 수밖에 없었다. 1845년부터 5년 동안 이어진 감자 기근 때문에 감자를 주식으로 삼던 아일랜드에서 백만 명이 넘는 사람들이 굶

어 죽고, 또 다른 백만 명이 넘는 사람들이 대서양 건너편으로
탈출하면서 오늘날 미국의 한 부분을 이룬 것은 그 대표적인 일
이었다. (오늘날 미국인의 10% 정도가 그 시절에 이주한 아일랜드인의
후손들이라고 한다.)

특히 20세기 초에는 유럽에 전쟁의 기운이 감돌기 시작하면
서 죽음의 공포를 피해, 그리고 독재자들의 핍박을 피해 많은 사
람들이 대서양을 건너기도 했다. 1920년대에 이탈리아의 군인
무솔리니는 자신에게 복종하지 않는 국민들을 잔인하게 짓밟는
한편 이웃나라 독일의 독재자 히틀러와 손을 잡고 세계 정복의
헛된 망상을 키우고 있었다. 당시 많은 사람들은 그런 이탈리아
에 절망해 바다를 건너기도 했다.

그중에서도 많은 이탈리아 사람들이 건너가서 자리를 잡은
곳이 있었는데, 바로 남아메리카의 아르헨티나라는 나라였다.
그리고 그곳에 정착한 사람들 중에는 원래 이탈리아 북서부의
피에몬테 지방에서 빵집을 운영하던 후안 베르고글리오라는 사
람도 끼어 있었다. 그리고 그를 따라 함께 아르헨티나로 건너와
서 성장한 뒤 회계사로 일하게 된 아들 마리오 베르고글리오는
역시 그곳에서 만난 이탈리아 이민자 레지나 시보리와 결혼해
다섯 명의 아이들을 낳았다. 그중 맏아들의 이름이 호르헤 베르

고글리오였다. 바로 나중에 프란치스코라는 이름의 교황이 되는 아이였다.

아르헨티나에서도 특히 수도인 부에노스아이레스에는 이탈리아에서 이주한 사람들이 많았고, 그들은 비슷한 지역에 모여 사는 경우가 많았다. 베르고글리오 가문 사람들이 살던 부에노스아이레스 변두리의 플로레스 마을도 이탈리아 출신 이민자들이 많이 모여 살던 곳 중의 하나였다. 그래서 아르헨티나는 공식적으로 스페인어를 사용하는 나라였지만, 그곳 플로레스 마을에서는 이탈리아어로도 충분히 대화가 통했다. 덕분에 후안 같은 이주민 1세대들 중에는 이탈리아어 밖에 할 줄 모르는 사람들도 많았다.

하지만 세대가 바뀌면서 이주민들이 원래의 조국에서부터 가져왔던 문화적 특성들을 하나씩 잃어가는 대신 새 나라 사람으로서의 공통적인 특성들을 가지게 되는 것은 너무나 당연한 일이다. 아르헨티나로 이주한 이탈리아인들도 2세대, 3세대로 넘어가면서는 이탈리아인에 더 가까웠던 그들의 부모와는 달리 전형적인 아르헨티나인이 되어 갔다. 그래서 마리오 같은 2세대들부터는 이탈리아어와 스페인어를 모두 사용할 줄 아는 경우가 대부분이었다. 호르헤 같은 3세대들은 스페인어를 모두 자유자재로 사용할 수 있는 것뿐 아니라 아르헨티나 특유의 문화들도 익숙하게 즐기며 자라나기 시작했다.

호르헤 역시 다른 이민자 3세대들과 별다를 것 없는 문화적 환경 속에서 자라났다. 평범한 아르헨티나의 소년들처럼 호르헤 역시 축구에 열광했고, 탱고에 매료되었으며, 공부와 연애 문제로 고민하며 성장했다.

"혹시 부에노스아이레스에 가보신 적이 있습니까? 그럼 탱고도 춰 보셨겠죠? 아니라고요? 탱고를 춰 보지 않았다면 부에노스아이레스에 가봤다고 할 수 없습니다. 저는 정말 탱고를 좋아합니다. 제 안에 잠재된 본능과도 같은 것이죠."

특히 호르헤의 탱고에 대한 사랑은 유별났는데, 추기경이 된 뒤 해외 매체의 기자들과 가진 인터뷰에서도 그것을 여러 차례 드러냈을 정도였다. 물론 그가 가장 즐기는 음악도 탱고의 춤곡으로 흔히 쓰이는 '밀롱가'라는 아르헨티나 전통 음악이었다. 조용하고 장중하고 경건한 음악만을 즐길 것 같은 성직자가 빠른 리듬의 밀롱가 음악을 틀어 놓고 탱고 춤을 추는 모습은 상상하는 것만으로도 꽤나 흥미롭다.

열정적인 음악과 춤을 즐기는 보통의 아르헨티나 소년들과 마찬가지로, 그 역시 열정적인 연애에 빠져드는 시절을 보내기도 했다. 열두 살 때 그는 이웃집에 살던 아말리아 다몬테라는 여자 친구에게 청혼을 한 적이 있었다. 그런데 그 청혼을 여자 친구와 만난 자리에서 직접 했던 것이 아니라 편지로 했고, 그것이 여자 친구가 아닌 그녀의 부모님 손으로 먼저 들어가게 되면서 슬픈 결말로 이어지게 됐다. 결혼을 해달라는 사랑 고백의 메시지를 담은 편지와 앞으로 함께 살고 싶은 집의 사진을 넣은 봉투를 여자 친구의 집으로 부쳤던 것인데, 그 편지를 먼저 받아서 열어본 부모님에게 야단을 맞은 여자 친구가 결별을 통보했던 것이다. 그러자 뜻밖에 실연을 겪게 된 소년 호르헤는 깜찍하게도 이렇게 절규했다고 회상한다.

　"만약 나와 결혼해 주지 않는다면 나는 차라리 신부가 되고 말겠어."

몇 년 뒤 소년은 실제로 신부가 됐지만, 물론 그것이 정말 실패한 그 첫사랑의 맹세 때문만은 아니었을 것이다.

　청년이 된 뒤에도 호르헤는 별로 특이할 것 없는 방식으로 살았다. 공부를 하고, 주말엔 축구를 하거나 탱고와 밀롱가를 즐겼으며, 틈틈이 아르바이트로 학비와 용돈을 버는 20대 청년의 전형적인 삶이었다. 화학을 전공하던 대학생 시절에는 의과 대학의 임상 실험 대상이 되는 아르바이트를 한 적도 있고, 밤에 술집에서 청소를 하거나 경비 역할을 해본 적도 있었다.

하지만 건강만큼은 평범한 수준에 조금 미치지 못했던 듯 하다. 아시시의 성자 프란치스코도 그랬듯, 호르헤 베르고글리오도 젊은 시절 큰 병으로 죽음의 문턱까지 이른 적이 있었다. 스물한 살 때 이유를 알 수 없는 고열 때문에 쓰러져 죽음 직전까지 이르렀다가, 뒤늦게 심한 폐렴이라는 진단을 받고 오른쪽 폐의 대부분을 잘라 내는 큰 수술을 받아야 했던 것이다.

뒤늦게나마 정확한 진단을 받고 수술을 받으면서 죽을 고비는 넘겼지만, 잘라낸 폐 조직에서 흘러나오는 체액을 배출시키기 위해 가슴에 구멍을 뚫고 몸 밖으로 관을 연결하는 참기 어려운 고통을 겪어야 했다.

하지만 그렇게 질병의 고통에 쓰러져 있을 때 찾아왔던 돌로레스 수녀의 한 마디는 그를 사제의 길로 이끄는 중요한 계기가 되었다.

"너무 상심하지 마라. 너는 지금 예수님의 흉내를 내고 있는 거란다."

그 말을 들은 뒤 호르헤는 마음의 평화를 찾을 수 있었다고 회상한다.

젊은 날 찾아온 질병은 대부분의 사람들에게 두 겹의 괴로움을 떠안기곤 한다. 질병 자체에서 비롯되는 육체적인 괴로움 말고도, '왜 하필 나에게만 이런 몹쓸 일이 생기는가?' 하는 원망의 마음에서 비롯되는 정신적인 괴로움이 그것이다. 돌로레스 수녀의 말에서 호르헤는 그 두 번째 괴로움을 이겨낼 힘을 얻었다. 젊은 날의 자신에게 닥친 그 질병과 고통이 그저 아무 의미 없는 불운에 불과한 것이 아니라, 예수님이 감내한 고통의 의미를 생각하고 이해할 수 있는 귀한 체험이 될 수 있다고 스스로 받아들인 것이다.

"고통 그 자체가 미덕인 것은 아닙니다. 하지만 고통을 어떻게 받아들이느냐에 따라 미덕이 될 수도 있습니다. 우리는 모두 온전한 삶과 행복을 추구하지만, 고통을 피할 수는 없습니다. 그리고 예수님의 고통을 통해 이해할 때, 그 고통의 의미를 온전히 이해하고 고결하게 받아들일 수 있게 됩니다. 어떻게 보면 고통을 온전히 이해하고 받아들이는 것이야말로 온전한 삶의 한 부분이고, 하느님의 선물입니다."

고통을 경험하지 않고 살 수 있는 사람은 없다. 그리고 어떤 의미에서 삶이란 고통을 피하기 위해 노력하고, 고통을 이해하려고 노력하는 과정이라고 할 수도 있다. 따라서 자신의 고통을 잘 곱씹는다면 다른 이의 고통과 삶을 이해할 수 있는 좋은 통로로 삼을 수도 있다. 마치 많은 사람들이 자신의 고통스러운 경험과 자신의 죽음에 대한 두려움을 통해 남을 다치게 하거나 죽게 해서는 안 되는 가장 원초적인 이유를 발견하게 되는 것처럼 말이다.

병상에서 일어난 뒤 호르헤는 수련자로서 예수회에 입회해 성직자의 길을 걷기 시작했다. 1540년에 이그나티우스 로욜라가 창설한 예수회는 권력, 부, 명성에 대한 탐욕을 벗어나 예수의 사랑을 실천하자고 주장하며 종교 개혁의 열풍 속에서 쓰러져 가던 천주교회를 지탱하고 일으켜 세운 전통 깊은 수도회다. 창설된 후 500여 년간 예수회의 수많은 수도자와 사제들이 자정과 개혁, 교육과 선교에 쏟은 헌신과 희생은 오늘날의 천주교회를 있게 한 가장 중요한 힘 중의 하나라고 할 수 있다.

특히 예수회는 모든 기독교 종파와 조직들 중에서 아메리카 대륙에 가장 먼저 들어와 오랜 세월 동안 활동해 왔을 뿐만 아니라, 그곳에서 식민지 정부와 기업들로부터 가난하고 힘없는 주민들을 보호하기 위한 일들에도 특별히 힘을 쏟아 오기도 했다. 그 덕분에 아메리카 대륙의 여러 나라들에서 특히 많은 사람들의 사랑과 지지를 받고 있었다. 그래서 평범한 아르헨티나 청년 호르헤 베르고글리오가 예수회를 통해 성직자의 길을 시작한 것은 그런 환경에서 아주 자연스러운 일이라고 할 수 있었다.

예수회의 수련 과정은 길고 강도 또한 높은 것으로 널리 알려져 있다. 수련자 과정을 통해 엄청난 양의 공부를 하게 한 뒤, 수련생들을 대상으로 계속 수련 과정을 밟아 나가는 것이 적절한지의 여부를 판단한다. 그러한 선별 과정을 거친 뒤 철학과 신학을 전공 삼아 더욱 깊이 있는 공부를 거듭하게 한다. 수련생들이 그 과정까지 모두 마치면 이번에는 예수회가 설립한 학교에서 교사가 되어 학생들을 가르치며 실습을 하는 기간을 거치게 된다. 그 모든 과정을 마친 뒤에야 드디어 사제 서품을 받기 위한 본격적인 3년간의 공부와 수련에 들어가게 되는 것이다.

호르헤 역시 예수회에 입회해 수련자로서 2년간의 공부를 마친 뒤 부에노스아이레스에 있는 막시모 산 호세 대학에서 철학

과 신학을 전공했고, 이어서 역시 부에노스아이레스에 있는 살
바로드 대학에서 문학과 심리학과 교수로서 학생들을 가르쳤다.
그리고 그의 나이 32세가 되던 1969년에 사제로 서품되었으며,
다시 4년 뒤인 1973년에 예수회원으로서 최종서원을 마쳤다.

10

사제가 되어

최종서원이란 10여 년이 넘는 예수회의 모든 양성 기간을 마치고 총원장의 허락을 받아 예수회원으로서 완전히 몸과 마음을 던진 사람이 되었다는 것을 공표하는 절차다. 그런데 호르헤 베르고글리오 신부는 이례적이게도 예수회원으로서 최종서원을 한 바로 그해에 동료 예수회원들의 투표에 의해 아르헨티나 예수회 관구장으로 선출되기도 했다. 예수회의 정식 회원이 됨과 동시에 책임자의 역할을 맡게 된 것이었다.

예수회는 양성 기간 동안 회원을 교육하는 것과 동시에 다면적인 평가도 진행한다. 지적인 영역, 영적인 영역, 그리고 한 사람으로서의 사회적이고 관계적인 면을 면밀하게 살피는 것이다. 호르헤는 지적인 측면에서 뛰어난 학생이고 동시에 뛰어난 교사였을 뿐만 아니라, 소탈하고 솔직한 인성과 늘 자신을 앞세우지 않는 태도로써도 동료 사제들의 호감을 사는 인물이었다. 그래서 호르헤는 높은 평가를 받으며 비교적 짧은 기간 안에 수련 과정을 마칠 수 있었고 곧장 중요한 직책까지 맡게 됐던 것이다.

호르헤 신부가 재직하던 시기에 아르헨티나 예수회는 가난하고 병든 사람들을 위한 활동에 한층 힘을 기울였다. 그 무렵 아르헨티나는 IMF위기를 맞던 시절의 한국이 그랬듯, 경제가 점점 후퇴하며 수많은 사람들이 거리로 밀려나고 있었다. 젊은이들은 직장을 잃고 거리를 배회했고, 사회의 보호를 받지 못한 어린이와 노인과 환자들이 비참한 지경에서 신음하고 있었다. 그때 예수회 사제들은 빈민들을 구제하고 환자들을 치료하는 일에 가장 앞장섰고, 1975년 예수회 총회에 참석한 교황 바오로 6세가 특별히 관구장 호르헤 신부를 만나 칭찬하고 격려를 하기도 했다.

하지만 호르헤 신부가 예수회의 관구장으로서 교회를 이끌고 나가는 중요한 역할을 해야 했던 시기(1973년~1979년)에 그의 나라 아르헨티나는 몇몇 사제들의 노력만으로는 도저히 헤쳐 나갈 수 없는 시련을 겪었다. 어쩌면 그 나라의 역사상 가장 끔찍한 일들이었다. 군사 독재 정권이 총칼의 힘으로 시민들을 짓밟고 박해하는 끔찍한 만행들을 저질렀던 것이다. 특히 그 방식이 얼마나 노골적이고 잔인했던지, 사람들은 그 시대에 벌어진 일들을 일컬어 흔히 '더러운 전쟁'이라고 부르곤 한다. 국가가 국민과 전쟁을 벌인, 그것도 아주 더러운 방식으로 벌인 시대였다는 뜻이다.

1976년 군사 쿠데타를 일으켜 권력을 장악한 군인 출신의 호르헤 비델라 대통령은 군대와 비밀경찰을 이용해 자신에게 저항하는 이들을 납치해서 죽이거나 고문하는 일을 무수히 저질렀다. 민주적인 절차나 최소한의 인권에 관한 요구를 하기만 하더라도 공산주의자라는 누명을 씌워 죽이거나, 심지어 많은 경우에는 정식 재판 절차도 없이 납치해서 암살하고 시신을 숨기는 것이 그들의 방식이었다. 적지 않은 사람들이 공군 수송기에 실려 먼 바다로 나간 뒤 그대로 하늘에서 밑으로 내던져져 시신도 찾을 수 없는 방식으로 수장당하기도 했고, 또 다른 많은 사람들은 고문을 당한 끝에 죽임을 당한 뒤 깊은 산속에 암매장당하기도 했다. 그리고 그렇게 목숨을 잃은 사람들의 아이들도 납치

되어 군인들에 의해 키워지거나 먼 나라로 보내지기도 했다. 나중에 정부가 공식적으로 집계한 것만 해도 1977년부터 약 3년 동안 그런 식으로 목숨을 잃은 사람이 1만 여 명에 달했으며, 유가족들이나 관련 단체의 자체 집계에 따르면 목숨을 잃은 사람들의 수가 3만 명에 이르렀다. 부모나 자식, 가족을 잃은 이들까지 합치면 수백 만 명이 직접적인 피해를 입고 고통을 당한 세월이었다.

정부가 그렇게 폭력적이고 비인도적인 범죄를 자행하고 그로 인해 수없이 많은 죄 없는 사람들이 죽고 다치고 고통을 당하는 시대였기 때문에 사제와 수도자, 신자들 중에서도 성당 안에서만 머물 수 없다고 생각하는 이들이 많았다. 특히 빈부의 격차가 심하고 가난한 노동자와 농민들에게 사회적인 고통이 전가되고 집중되어 온 아르헨티나를 비롯한 남미 여러 나라의 정치경제적인 상황과 맞물리면서, '정치 경제적인 해방이 이루어져야만 하느님의 뜻도 이루어진다.'라는 생각을 뼈대로 한 이른바 '해방 신학'이 큰 유행이 되기도 했다. 해방 신학을 따르는 사제와 수도자들 중에는 시민들을 보호하고 독재 정권을 몰아내기 위해 직접 총을 들어야 한다고 주장하는 이들도 있었다. 하지만 호르헤 관구장의 입장은 그들의 생각과 조금 달랐다.

"폭력의 대가는 항상 가장 나약한 사람에 의해 지불된다."

이것은 호르헤 관구장이 다른 신부들에게 늘 했던 이야기다. 폭력은 폭력을 낳으며, 그 폭력의 결과는 가장 약한 자에게 돌아가게 된다는 것. 그래서 폭력으로써 폭력을 누르는 것은 결코 좋은 해결책이 될 수 없다는 것이 그의 지론이었다. 그것은 옳은 생각이었다. 총칼의 힘으로 권력을 쥐고 휘두르는 군사 독재 정권과 무력으로 맞선다는 것은 비현실적인 일이었고, 오히려 더 큰 폭력과 잔인한 보복을 불러올 수 있는 일이었다. 게다가 폭력으로써 악을 제압한다고 해도 또 다른 저항 세력이 또 다른 악이 되고 보복이 보복을 부르는 폭력의 악순환에 빠질 수도 있었다. 하지만 당장 수많은 사람들이 죽음의 위기에 몰려 있을 때 조금 더 구체적이고 현실적인 도움과 위로가 필요하다고 생각한 사람들도 많이 있었다. 그것 역시 당연한 일이었다.

물론 그때 그 상황에서 가장 올바른 성직자의 태도가 무엇인지에 관해서는 여러 가지 의견이 있을 수 있고 논쟁이 있을 수 있다. 호르헤 신부는 어쩌면 폭력에 대한 비판적인 생각은 분명했던 반면, 너무나 노골적으로 다가와 수많은 사람들을 덮치는 눈앞의 폭력에 대처하는 방법에 대한 고민은 부족했을지도 모른

다. 하지만 그 시절 조금 더 적극적인 도움을 기다렸지만 끝내 충분히 응답받지 못한 채 목숨을 잃거나 큰 고통을 당한 이들이 분명히 있었다는 사실은, 아르헨티나의 교회와 종교계 전체와 호르헤 베르고글리오 신부 개인에게도 쓰라린 아픔이고 깊이 새겨진 상처였음에 분명하다. 그리고 그것은 뒷날 그가 그 시절에 대한 후회와 반성의 뜻을 표현한 것을 통해서도 이해할 수 있다.

"교회 역시 당시 상황에 대해서는 단편적으로 조금씩만 알 수 있었을 뿐이었습니다. 처음에는 어떤 상황인지 정확히 알지 못했고, 또 어안이 벙벙한 상태였습니다.

1976년에 쿠데타가 일어났을 때는 대부분의 정당을 포함해 거의 모든 국민들이 두 손을 들고 환영했습니다. 제 기억엔 공산당만이 비판적이었던 것 같습니다. 하지만 그 누구도 그 후에 무슨 일이 일어날 것인지 짐작조차 하지 못하고 있었던 것이 사실입니다. 이에 대해 우리 모두 사실을 인정해야 합니다. 그 누구도 '나는 안 그랬다.'라고 손을 씻고 발뺌하려고 해서는 안 됩니다. 저는 교회가 그랬듯 다른 정당과 단체들도 사과하기를 기다리고 있습니다."

호르헤 관구장은 관구의 신부들에게 가난하고 힘없는 이들을 위해 더 노력해 줄 것을 당부했고, 또 군대나 비밀경찰에게 쫓기는 많은 이들을 몰래 숨겨 주거나 외국으로 탈출할 수 있도록 돕기도 했다. 수치심과 분노를 억누른 채 독재자와 대화하며 조금이라도 희생을 줄이기 위한 노력을 기울인 적도 있었다. 하지만 정부가 국민과 전쟁을 치르듯 여러 명의 사제와 수천 명의 교인들을 포함한 수만 명의 선량한 시민들을 학살하며 악마 같은 행동을 서슴지 않던 끔찍한 시기에, 교회의 지도자 중 한 사람으로서 준엄한 비판을 하지 못한 것에 대해 아쉬워하지 않는 이가 있다면, 어쩌면 그는 호르헤 신부에 대한 최소한의 애정도 가지지 못한 맹목적인 사람일지도 모른다.

11

✝

추기경 베르고글리오

호르헤 베르고글리오 신부가 성직자로서의 이력을 시작한 예수
회는 독특한 규율을 가지고 있다. 절대 높은 성직을 탐하거나 그
것을 얻기 위해 노력해서는 안 되며, 심지어 다른 동료 사제가 그
런 행동을 보인다면 고발할 의무가 있다고까지 가르치고 있기
때문이다. 비록 뿌리는 다르지만 어느 곳에서든 가장 낮은 곳에
서 봉사하라고 했던, 작은 형제회의 창설자 성 프란치스코의 가
르침과 통하는 대목이다. 바로 그런 규칙 때문에 예수회 소속의

사제들 중에서는 최고위급 성직자인 추기경이 배출된 적이 많지 않았으며, 프란치스코 이전까지는 교황은 단 한 명도 배출된 적이 없었다.

호르헤 역시 그런 예수회의 가르침을 뼛속 깊이 새기고 있었고, 원래 그의 성품 역시 남들 위에 서거나 목소리를 높이는 것과는 거리가 먼 것이기도 했다. 언제나 조금이라도 높은 자리에 오르기 위해 어떤 노력을 한다는 것은 그와 가장 어울리지 않는 일이었다. 하지만 가장 낮은 골짜기로 물이 모여 고이듯, 어디서든 눈에 띄는 그의 겸손하고 소탈한 성품은 역설적이게도 늘 그를 가장 중요한 자리에 오르게 했다.

호르헤 신부는 1992년에 주교로 임명되었으며 1998년에는 대주교로 승격되면서 4천여 명의 사제와 3천여 명의 수도자, 그리고 181개의 성당과 250만의 신자들을 관할하는 부에노스아이레스 교구의 대교구장에 임명되었다. 부에노스아이레스의 대교구장에 오른 예수회원 역시 그가 처음이었다. 그리고 다시 3년 뒤인 2001년에는 교회 안의 최고위급 성직자인 추기경에 서임되기도 했다.

아르헨티나의 수도이자 그 나라에서 가장 큰 도시인 부에노스아이레스의 대교구장을 맡고 또 추기경에 서임되었다는 것은

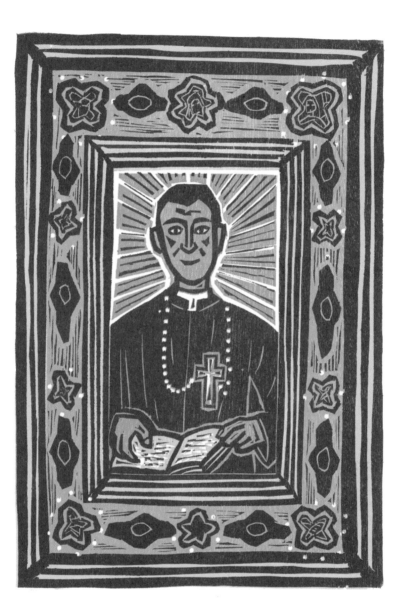

그가 곧 아르헨티나의 교회를 대표하는 인물이 되었다는 것을 의미했다. 그리고 그가 맡게 된 것이 그렇게 높고 중요한 자리였던 만큼 누릴 수 있는 특권과 특혜도 적지 않았다. 보통 부에노스아이레스 대교구장에게는 시 외곽의 아름다운 저택이 관사로 제공되고, 동시에 전용 요리사와 운전기사의 봉사를 받을 수 있게 되어 있었다. 하지만 호르헤 신부는 전임자들과 달리 그 모든 특혜를 사양했다. 그는 대성당 주교관과 가까운 근처의 아파트를 숙소로 택해 살았고 직접 요리한 음식으로 식사를 했으며, 운전기사와 관용차 대신 버스나 지하철을 이용해 출퇴근을 했다. 고위 성직자로서 오히려 더 무겁게 느껴야 할 사회적 책임 때문이었다.

"아르헨티나는 죄를 저지르고 있습니다. 빵과 일자리가 없는 사람들에 대한 책임을 회피했습니다. 부에노스아이레스 거리에는 수많은 호화로운 식당들이 있습니다. 그런데 그 바로 맞은 편에는 빈민촌이 있고, 그곳에서는 많은 사람들이 굶주리고 있습니다. 이것은 많은 사람들이 사회의식 없이 돈을 써대고 있음을 보여줍니다. 부자들은 가난한 사람들과는 눈도 마주치지 않고, 기껏 죄책감에서 벗어나기 위해 간혹 걸인들에게 동전이나 몇 개 던져줄 뿐입니다."

가난한 이웃들을 눈앞에 두고 호화로운 생활을 한다는 것은, 그가 생각하기에 죄악이었던 것이다. 그리고 그는 대주교에게 붙이게 되어 있는 '각하(閣下, Your Excellency)'라는 존칭을 하는 이들에게도 늘 손을 내저으며 그냥 '호르헤 신부'라고 불러 달라고 부탁하기도 했다. 물론 그것은 '전하(殿下, Your Eminence)'라는 존칭을 받게 되어 있는 추기경이 되었을 때도 마찬가지였다.

보통 대부분 대교구장 같은 고위 성직자들의 경우에는 본당의 신부들과 달리 신자들을 직접 만날 기회가 많지 않다. 관할해야 하는 성직자만 해도 굉장히 많고 성당도 여러 곳이기 때문에 그런 것에 관련된 일들을 처리하는 것만 해도 늘 바쁘기 때문이다. 하지만 호르헤는 대주교로서, 혹은 추기경으로서 대교구장의 일을 하는 동안에도 늘 신자들뿐만 아니라 도시의 가장 가난한 이들과 어울리고 부대끼기를 즐겼다. 출퇴근길마다 버스와 지하철 안에서 평범한 시민들과 늘 마주쳤고, 시간이 날 때마다 늘 가장 가난한 사람들이 사는 마을을 찾아가 함께했다. 특히 크리스마스 같은 절기에는 그가 직접 요리한 음식을 가지고 빈민촌이나 병원을 찾아 그곳의 사람들과 함께 파티를 즐기기도 했다. 때로는 천 년 전 프란치스코가 아시시의 나환자 마을을 찾아가 발을 씻어 주었던 것처럼 호르헤는 부에노스아이레스의 에이즈 병동을 찾아가 그들의 발을 씻고 입을 맞추기도 했다. 그리고 대형 사고가 발생해 많은 사람들이 어려움을 겪는 일이 벌어질 때도 가장 먼저 달려갔고, 발 벗고 나서서 피해자들을 도왔다. 2004년 부에노스아이레스 시내의 한 나이트클럽에서 대형 화재가 발생해 수백 명이 죽거나 다치는 사고가 벌어졌을 때는 심지어 소방 당국의 구호차가 도착하기도 전에 가장 먼저 직접 사고 현장으로 달려가 구호 활동을 벌인 적도 있을 정도였다.

"심판의 날 예수님께서 재림하시면 어떤 사람들에게는 이렇게 말씀하실 겁니다. '너희는 내가 배고플 때 음식을 주었고, 목 마를 때 마실 것을 주었으며, 헐벗었을 때 옷을 주고, 아플 때 돌보아 주었다.' 그리고 그들이 '제가 언제 그랬지요? 기억이 나지 않는데요?'라고 물으면 '가난한 자에게 베푸는 것이 나에게 베푸는 것이다.'라고 답하실 것입니다. 그렇지만 또 다른 사람들에게는 '여기서 나가라. 너희는 내가 배고플 때 음식을 주지 않았다.'라고 하실 겁니다."

호르헤는 직접 가난한 이들과 함께 어울리고 그들을 도왔을 뿐만 아니라 대교구의 활동 역시 가난한 이웃들을 돕는 일에 초점을 맞추어 운영했다. 그는 대교구장에 취임한 뒤 슬럼가에 주재하는 사제의 수를 두 배로 늘렸으며, 심지어 오직 빈민들만을 위해 일하는 사제들의 조직을 만들고 교구 차원에서 적극적으로 그 활동을 지원하기도 했다.

사실 호르헤는 맡겨진 일을 묵묵히 하는 사람이었고, 모나지 않게 일을 처리하기를 즐기는 원만한 사람이었다. 그래서 정치나 사회적인 일들에 대해 발언하는 것도 별로 좋아하지 않았고, 다른 성직자들의 의견을 반박하거나 대립하는 것도 별로 즐기지 않는 사람이었다. 하지만 그가 예외적으로 강경하게 자신의 견해를 드러내고 누군가를 질타하는 경우가 있었다면, 대개는 가난하고 사회적으로도 차별받는 불쌍한 사람들이 신부들에게마저 외면받는 것을 보게 될 때였다.

"우리 교구에 미혼모의 자녀들에게는 세례를 주지 않는 신부들이 있다고 합니다. 혼인 성사 안에서 태어난 아이들이 아니기 때문이라는 것입니다. 나는 이런 신부들은 교회의 위선자들이라고 봅니다. 이들은 하느님의 구원으로부터 사람들을 분리시키는 사람입니다. 아이를 유산시키지 않고 용기 있게 출산한 그 불쌍한 어머니들이 단지 아이에게 세례를 받게 하려고 이 성당 저 성당으로 떠돌게 해선 안 됩니다."

2012년의 어느 날 강론 중에 했던 이야기였다. 결혼하지 않은 채 아이를 낳는 것이 교회의 가르침에 어긋나는 일이긴 하지만, 그렇다고 해서 그렇게 태어난 생명을 외면하고 버리고 교회 밖으로 내몰라는 것이 하느님의 뜻일 리는 없다. 하지만 관습과 타성에 젖은 일부 성직자들이 본질과 형식의 우선순위를 혼동하는 잘못을 저지르는 일이 종종 일어났고, 호르헤 추기경은 공개적으로 그런 행태를 질타했던 것이다.

과학과 종교, 그리고 법과 인권을 두고 뒤얽힌 채 오랜 세월 동안 논쟁이 되어온 주제들로 동성 결혼이나 피임, 혹은 낙태의 합법화 등이 있다. 호르헤 베르고글리오 신부는 이런 문제들에 대해 교회가 그동안 견지해 온 반대의 의견에서 벗어나지는 않았다. 하지만 그렇다고 해서 그가 그런 주제에 대한 반대편의 의견을 가진 이들이나 그 문제와 연관된 이들에 대해 경멸적인 태도를 보이거나 그들을 단죄하려고 한 적도 없다. 더 넓게 본다면 그는 어떤 주제에 관해서든 다른 생각을 가진 사람들에 대해 배타

적이거나 공격적인 태도를 보인 적이 거의 없었다. 그것은 그가 가진 리더로서 가장 큰 장점 중의 하나인 폭넓은 포용력에서 비롯된 것이다.

"저는 전도하거나 개종시키려는 의도를 가지고 누군가와 친분을 쌓으려고 한 적은 없습니다. 그들을 존중하고, 저 역시 있는 그대로의 모습을 그들에게 보여줄 뿐입니다. 서로에 대한 이해가 있어야 존경도, 애정도, 우정도 시작되는 것이니까요. 저는 상대방에 대해 어떤 의구심도 갖지 않으며, 그들의 삶을 비난할 생각도 없습니다. 또 무신론자라고 해서 반드시 지옥에 갈 거라고 말하지도 않습니다. 제겐 그 사람의 정직성과 인간성을 심판할 권리가 없다는 것을 잘 알기 때문입니다."

선교와 전도는 모든 성직자들의 의무이며, 특히 예수회가 강조하는 명령이기도 하다. 하지만 그렇다고 해서 모든 사람을 만나고 모든 행동을 하는 목적을 선교와 전도로 삼는 것 역시 본질과 형식을 혼동하는 일이 될 수도 있다. 의도를 가지고 대할 때 정작 그 '사람'은 뒷전으로 밀리기가 쉽기 때문이다. 그리고 더욱 중요한 것은 하느님의 뜻을 이해하고 따르는 것이기 때문이다.

"사실 저는 무신론자보다는 불가지론자들을 더 많이 알고 있습니다. 불가지론자는 의심이 많은 사람이고, 무신론자는 좀 더 확신을 가진 사람입니다. 우리는 성경이 전하는 말씀에 일관성을 유지해야 합니다. 즉, 하느님을 믿는 사람이든 아니든, 모든 인간은 하느님의 형상을 띠고 있다는 점을 인정해야 합니다. 그 이유 하나만으로도 모든 사람들은 각자의 장점과 특성, 위대함을 가지고 있습니다. 저와 마찬가지로 만약 그도 어떤 비열한 면을 가졌다면 우리는 그것을 극복하기 위해 서로 도울 수 있어야 합니다."

새, 양, 늑대. 혹은 돌, 물, 바람. 심지어 자신을 괴롭히던 질병의 고통이나 다가오던 죽음에게까지 '형제' 혹은 '자매'라 부르며 그것을 존중하고 사랑했던 것이 아시시의 성자 프란치스코였다. 그 모든 것이 하느님이 지으신 것이며, 각자 그 의미를 가진 것이라는 이유에서였다. 하물며 사람이라면, 물론 쉬운 일은 아니겠지만 그러지 말아야 할 이유가 없는 것인지도 모른다. 호르헤 추기경이 신의 존재를 의심하거나, 신은 존재하지 않는다고 확신하는 사람들에 대해서까지도 존중하는 마음을 가지고 조건 없는 친절을 베풀 수 있었던 것 역시 이유는 같은 것이었다.

12

교황 프란치스코

물론 최초의 아메리카 대륙 출신이며 최초의 예수회 출신 교황이라는 점, 그리고 프란치스코라는 이름을 사용한 첫 번째 교황이라는 점부터 그는 특이한 교황이라고 할 수 있었다. 하지만 그런 외적인 특성 외에도 새 교황이 전임자들과 뭔가 다른 특별한 사람이라는 점은 그가 교황이 된 첫날부터 곳곳에서 드러났다. 콘클라베가 끝난 뒤 성 베드로 광장의 군중들을 축복하기에 앞서 오히려 자신을 위해 기도해 줄 것을 청한 것도 그랬지만, 추기경들로부터 순명 서약을 받는 과정도 아주 이례적이었던 것이다.

교황은 천주교회를 대표하는 인물이다. 조직과 교리에 관한 가장 막강한 권한을 가지고 전 세계 12억 명에 달하는 신자들을 이끌어가게 된다. 하지만 물론 그것은 콘클라베에서 직접 교황을 선출한 추기경들을 비롯해 교회를 구성하는 모든 이들이 그를 따르고 적극적으로 협조해 줄 때 가능한 일이다. 그래서 새 교황은 선출된 직후 추기경단으로부터 절대적 복종을 맹세하는 순명 서약을 받는 것으로서 첫 번째 공식 일정을 치르게 된다.

순명 서약은 새 교황이 교황을 상징하는 옥좌에 앉아 추기경들로부터 한 사람씩 차례로 순종의 서약과 더불어 축하 인사를 받고 축복을 내려 주는 순서로 이어지는 것이 관례다. 하지만 그날 프란치스코 교황은 옥좌에 앉지 않고 선 채 추기경들의 얼굴을 마주 보며 서약을 받았고, 서약이 끝날 때마다 추기경 한 사람 한 사람을 포옹했다.

그뿐만이 아니었다. 순명 서약을 마친 뒤 추기경들은 몇 대의 미니버스에 나누어 타고 교황청이 관리하는 게스트하우스인 '성녀 마르타의 집'으로 가서 만찬을 나누게 되어 있었다. 물론 교황은 따로 전용 리무진 승용차를 타고 이동해 만찬을 주재하는 것이 관례다. 그런데 미니버스를 이용해 먼저 도착한 뒤 새 교황을

기다리던 추기경들은 다시 한 번 깜짝 놀랄 만한 일을 겪게 된다. 교황 전용 리무진이 도착하기만을 기다리며 만찬장 입구에서 서성이던 추기경들은, 마지막으로 도착한 미니버스에서 몇몇 추기경들과 이야기를 나누며 내려서는 교황을 마주했기 때문이다. 새 교황이 권위와 명령 대신 우정과 소통을 통해 일해 나갈 것임을 알리는 상징적인 일들이었다.

고급 승용차와 특별한 의전을 달가워하지 않는 모습 또한 그 뒤로도 여러 번 되풀이된 프란치스코 교황의 특징이었다. 그는 스스로 '교황 성하(聖下, Your Holiness)'보다도 '로마 교회 주교' 혹은 '호르헤 신부'라고 불리기를 원했고, 벤츠에서 만든 대형 의전용 승용차보다는 폴크스바겐이 만든 낡고 작은 승용차를 즐겨 탔다.

이튿날 프란치스코 교황은 아침 일찍 마리아 대성당으로 갔다. 엄청난 경호 인력과 수행원들이 따라나서는 것이 당연했지만 모두 물리친 채 역시 낡은 폴크스바겐 승용차 한 대를 이용해서 나선 길이었다. 마리아 대성당은 이그나티우스 로욜라가 예수회를 만든 뒤 첫 미사를 드린 역사적인 의미가 있는 곳이었다. 교황으로서의 첫날을 그곳에서 시작하려 했던 것은 어쩌면 가장 낮은 곳에서 가장 열심히 일하기를 원했던 로욜라와 예수회의 첫 번째 뜻으로 돌아가 교황의 직무를 시작하려는 결심의 표현이었는지 모른다. 프란치스코 교황은 그곳에 걸려있는 성모 마리아 성화 앞에서 15분간 기도를 올린 뒤 성당 문을 나섰다. 그때 이미 어느새 그곳은 뒤늦게 교황이 와있다는 소식을 듣고 모여든 군중들로 가득 차 있었다. 교황은 반가운 얼굴로 그들에게 인사를 전한 뒤 타고 왔던 승용차에 올랐다. 하지만 막 출발하려던 차는 몇 미터도 채 가지 못하고 멈춰 섰다. 교황은 길가에서 불룩한 배를 부여잡은 채 환호하던 어느 임산부의 앞에 멈추게 하고는 차에서 내려 그 임산부와 뱃속의 아기를 축복하는 기도를 올린 뒤 다시 길을 나섰다.

바티칸으로 향하던 차가 다시 한 번 멈춰선 곳은 로마 시내에 있는 '도무스 인테르나시올리스 파울루스'라는 호텔 앞이었다. 로마 유적지를 보러 오는 평범한 관광객들이 자주 찾는, 하룻밤 하루 객실료가 10만 원 남짓한 소박한 호텔이었다. 그 앞에 차를 세운 뒤 내린 교황은 직접 그 호텔의 프런트로 걸어가서 직원에게 지난 2주 동안의 친절에 감사하다는 인사와 함께 지갑 속에서 신용카드 한 장을 꺼내 내밀었다. 그곳은 콘클라베가 시작되기 전까지 며칠 동안 그가 머문 곳이었다. 그곳에 남겨 두었던 짐가방을 챙기고 숙박비와 전화 이용료 따위를 계산하기 위해 일부러 들른 길이었다. 하지만 다른 사람에게 시키지 않고 직접 찾아온 교황을 마주한 호텔 직원이 혼비백산했던 것은 당연한 일이었다.

직접 호텔 숙박비를 계산한 뒤 가방을 챙겨 들고 나온 교황은 바티칸궁 안의 임시 거처인 '성녀 마르타의 집'으로 돌아와 교황청의 직원들과 점심 식사를 한 뒤 오후에는 교황으로서의 첫 미사를 집전했다.

미사를 집전하는 교황의 모습도 예사롭지는 않았다. 보통 보석으로 장식된 화려한 관을 쓰고 역시 보석으로 장식된 화려한 목걸이를 했던 전임 교황들과는 달리, 프란치스코는 아시시의 성 프란치스코가 입고 다녔던 수도복을 연상시키는 갈색 장식의 가장 단순한 주교관을 쓰고 역시 가장 단순한 은십자 목걸이를 목에 건 차림으로 나타났다. 그리고 교황의 의자에 앉아 미리 준비해 온 원고를 읽는 것으로 강론을 대신했던 전임 교황들과는 달리, 강론대에 서서 신자들과 눈을 맞추며 대화를 하듯 자연스럽게 강론을 이어갔다.

"이사야 2장 5절에서, 하느님은 아브라함에게 말씀하셨습니다. '야곱의 자손들아. 오라. 여호와의 빛 속으로 걸어가라' …

우리의 삶은 여정이고, 우리가 움직이지 않는다는 것은 무엇인가 잘못된 것입니다. 주님의 빛 안에서 항상 걸어가야 합니다. … 여러분 모두 용기를 가지십시오. 주님 안에서 주님의 십자가와 함께 나아가기 위해 용기를 가지십시오."

머물지 말고 끊임없이 앞으로 걸어 나가되, 용기를 가지고 하느님의 뜻 안에서 함께하자는 메시지였다. 그것은 관성을 버리고 용감하게 변화를 시도하되 그것이 하느님의 뜻에 부합하는 것인지 끊임없이 돌아보자는 제안이었고, 교황으로서 그가 해나갈 일의 바탕이 될 결심이기도 했다.

다시 일주일 뒤인 2013년 3월 19일 오전 9시 30분. 바티칸의 성 베드로 광장에서 제 266대 교황의 즉위식이 거행되었다. 그날 그곳에는 무려 100만 명이 넘는 엄청난 인파가 운집했다. 천주교회와 12억여 명의 천주교 신자들뿐만 아니라 전 세계 다양한 나라와 사람들에게 커다란 영향을 미칠 수 있는 중요한 인물이 탄생하는 자리였기 때문이다. 50여 개 나라에서는 대통령이나 왕, 총리나 왕자 같은 국가 원수나 그에 준하는 정상급 인사들이 찾아와 참석했고, 그 밖에도 교황을 따르거나 교황의 관심과 협조를 원하는 여러 나라의 다양한 사람들이 찾아왔다. 특히

1600년 전, 로마 제국이 동로마와 서로마로 갈라지던 시기에 마찬가지로 로마 교회로부터 갈라져 나간 이후 서로를 파문하며 원수처럼 대립했던 동방 정교회(혹은 그리스 정교회라고도 부른다.)의 지도자인 콘스탄티노플리스 총대주교 바르톨로메우스 1세가 무려 천여 년 만에 처음으로 교황의 즉위식에 참석하는 역사를 만들기도 했다. 물론 그것은 프란치스코 교황이 이미 추기경 시절부터 개신교, 동방 정교회, 유대교 같은 이웃 종교뿐만 아니라 불가지론자나 무신론자에 이르기까지 다양한 이들과 소통하고 포용하며 이해와 존중의 태도를 보여 왔기에 가능한 일이었다.

그렇게 즉위식에서부터 프란치스코 교황은 폭 넓은 개방성과 포용성을 드러냈고, 그만큼 다양한 이들로부터 환영과 관심을 받고 있음을 보여 주었다. 하지만 그가 성대한 즉위식을 원한 것은 아니었다. 오히려 그의 즉위식에 참석하려던 조국 아르헨티나의 많은 신도들에게 '굳이 비싼 경비를 들여가며 직접 참석하기보다는, 가능하면 그 돈으로 가난한 이들과 함께 해준다면 더 기쁘겠다.'라고 권했던 것이 그의 진심에 더 가까웠다.

13

가난한 이의 친구

2013년 10월 3일, 이탈리아의 람페두사 섬 앞바다에서 배 한 척이 불에 타 침몰했고, 배에 타고 있던 500명 정도의 아프리카 난민들 중에서 350여 명이 그대로 물에 잠겨 목숨을 잃는 끔찍한 일이 벌어졌다. 하지만 정작 세계 사람들을 충격에 빠지게 했던 것은 많은 사람들이 사고 때문에 목숨을 잃었다는 사실 자체가 아니었다. 그보다는 그들이 이탈리아 당국의 비정한 외면과 유럽 사람들의 무관심 속에서 표류했고, 결국 배에 불이나 모두가

물에 빠진 절박한 상황에서도 불법 이민자라는 이유로 제대로 구조를 받지 못해 절망과 원망 속에서 서서히 죽어갔다는 점이었다.

2012년 봄부터 리비아와 튀니지 같은 북아프리카의 여러 나라들에서 민주화를 요구하는 시위가 벌어지고, 정부가 그것을 무력으로 짓밟는 일들이 벌어졌다. 하지만 시민들이 굴복하지 않고 맞서 싸우기 시작하고 정부도 물러서지 않고 무력을 동원해 진압하려 들면서 내전 상태에 빠져들게 되었다. 그 와중에 생명의 위협을 느낀 많은 사람들이 낡은 배에 몸을 싣고 지중해를 건너 탈출하는 일이 부쩍 늘기 시작했다. 그리고 그중 많은 수가 아프리카에서 가장 가까운 이탈리아 시칠리아 앞바다의 작은 섬인 람페두사로 상륙하곤 했던 것이다. 그래서 원래 5천 명 정도의 주민이 살던 작은 섬이 그 열 배에 가까운 5만여 명의 난민들로 북적대는 난민촌으로 변해 버렸다. 난민의 행렬이 줄어들 기미를 보이지 않자 이탈리아 보수 정당의 정치인들이 연합해서 '피니보씨Fini-Bossi법'이라는 법을 만들어 난민들의 유입을 막고 나섰다. 피니보씨법이란 아무리 위급한 사정이 있다고 하더라도 외국의 난민들이 이탈리아 영역 안으로 들어오는 것을 허락하지 않으며, 그것을 돕는 이탈리아 국민도 처벌한다는 내용을 담은 법이었다.

그런데 그날 람페두사 섬으로부터 고작 800미터 떨어진 가까운 바다에서 한 척의 난민선이 고장을 일으켜 멈춰 섰지만, 바로 그 피니보씨 법 때문에 그들은 아무리 구조 요청을 해도 누구로부터도 도움을 얻을 수 없었다. 그리고 몇 척의 어선이 주변을 지나가고 경비함이 지나갔는데도 구조를 받지 못하자, 난민을 가득 태운 탓에 오래 버틸 수는 없었던 배 안의 누군가가 최후의 수단으로 갑판 위에 불을 피우는 극단적인 방법으로 시선을 끌려고 했다. 하지만 연기가 피어오르는 모습을 보고도 그들을 구출하러 오는 배는 없었다. 오히려 당황한 난민들이 한꺼번에 움직이면서 불이 배 전체로 번지며 배는 전복되어 버렸다. 결국 배 안의 사람들이 모두 바다로 뛰어들어야 하는 상황에 이르고 말았다.

그러자 그 광경을 차마 보고만 있을 수만은 없었던 람페두사 섬의 착한 어부들이 달려와서 기껏해야 한 번에 4명씩 밖에는 태울 수 없는 자신들의 조그만 고깃배를 이용해 섬까지 열댓 번씩을 오가며 50여 명을 구해냈다. 하지만 정작 이탈리아의 해양 구조대는 신고를 받고도 일부러 미적거리며 제 시간에 출동을 하지 않았을 뿐만 아니라 뒤늦게 사고 현장에 도착한 뒤에도 구조에 나서기는커녕 오히려 구조에 나서고 있던 어부들에게 '피니보씨법'을 설명하며 난민들로부터 떨어지라고 명령하는 잔인한 짓을 저질렀던 것이다. 마지막 한 줄기 희망을 버리지 않고 발버둥 치며 몇 시간 동안이나 물속에서 버티던 수많은 사람들은 기다리고 기다렸던 해양 구조대가 다가왔는데도 한 번도 구조의 손길을 내밀지 않은 것은 물론이고, 오히려 자신들을 돕는 어부들의 손길마저 가로막는 믿을 수 없는 모습을 지켜보며 물속으로 사라져 갔던 것이다. 살아남은 이들은 대부분 건장한 남자들이었고, 당연하게도 죽은 이들 중에는 아이와 노인, 여자들이 많았다.

프란치스코 교황은 소식을 듣자마자 사고 현장으로 달려왔다. 사고가 나기 3개월 전인 7월에도 그는 교황 취임 후 첫 번째 외부 방문지로 그곳의 난민촌을 택해 다녀간 적이 있었다. 그는 첫 번째 방문 때도 수많은 난민들이 맨땅에서 담요 한 장만을 덮은 채, 하루 한 끼밖에 배급을 받지 못해 굶주리는 모습을 보고 충격을 받았었다. 그래서 유럽의 여러 나라를 향해 그곳 난민들의 참상을 외면하지 말아달라고 호소하기도 했었다. 하지만 프란치스코 교황은 두 번째 방문 길에 만난 더욱 엄청난 사고의 참상 앞에서 잠시 할 말을 잊었다. 그리고 준비해 갔던 강론 원고를 찢어 버리고 즉석에서 이렇게 외쳤다.

"도대체 이게 말이 됩니까? 어떻게 이런 일이 있을 수가 있습니까? 통탄할 일입니다. 우리 모두 부끄러워해야 할 일입니다. 이 세상의 극단적인 이기심과 물질 만능주의가 이들을 죽음으로 내몰았습니다. 오늘날의 우리 사회가 만들어낸 참혹한 결과입니다. 우리는 이제 정말 회개해야 합니다."

교황은 그날의 사건을 '부끄러운 비극'이라고 불렀다. 그리고 그는 이탈리아 정부를 향해 '함께 사는 세상'을 만들기 위해 애써줄 것을 부탁했다.

성 프란치스코의 시대에 가장 가난하고 약한 이웃은 나병환자들이었다. 하지만 그로부터 천 년의 세월이 흐르고 세상은 물질적으로 수만 배나 풍요로워졌음에도, 천 년 전의 나병 환자들보다도 더 가난하고 더 약하고 더 외면받으며 더 끔찍한 위험과 죽음 앞에 노출된 사람들은 헤아릴 수도 없을 만큼 늘어났다. 오로지 살아남기 위해 전 세계를 떠돌며 표류해야 하는 아프리카 난민들도 그렇고, 문명화된 세계에서 이리저리 팔려 다니는 소녀들 또한 거기에 포함된다.

"노예 제도가 폐지되었다고 하지만 오늘날 또 다른 형태로 그 것은 지속되고 있습니다. 실제로 이 도시에는 많은 노예들이 살고 있습니다. 노동 착취나 매춘을 위해 팔려 다니는 소녀들 이 그들입니다. 우리의 많은 도시들은 마치 고기를 가는 기계 처럼 그들의 삶을 산산조각 내고 꿈을 꺾어 버리고 있습니다. 사창가를 전전하다가 포주들이 주는 향정신성 약물을 먹고 중환자실로 실려 가는 소녀들의 이야기를 흔히 들을 수 있습 니다. 이 도시에서 위대한 영주 대접을 받는 마피아들은 그 소 녀들의 피로 얼룩진 돈으로 호의호식하는 현대판 노예 상인 들입니다. 또 불법적으로 노동력을 착취하기 위해 볼리비아나 도미니카에서 많은 사람들을 데려와 인간 이하의 취급을 하 는 이들도 많습니다. 이 도시에서는 폭력이 무차별적으로 자 행되고 있습니다. 힘을 가진 자들은 약한 사람들의 인격을 짓 밟고 파괴하고 있습니다."

병든 자와 가난한 자는 늘 프란치스코 교황의 친구들이었다. 추 기경 시절에도 그는 명절이나 휴일 때마다 병실을 찾아 암, 에이 즈, 나병 같은 힘겨운 질병 속에서 절망에 빠져 있는 환자들의 발을 씻겨 주고 입을 맞추고 음식을 함께 해먹으며 희망을 나누

길 즐겼다. 그리고 때로는 밤에 옷을 갈아입고 몰래 거리로 나가 노숙인들과 이야기를 나누며 음식을 나누어 먹기도 했다. 물론 교황이 된 뒤에도 크리스마스와 부활절을 환자들과 보냈을 뿐 아니라, 밤에는 노숙인들과의 은밀한 만남을 이어가기도 했다. 심지어 77번째 생일이자 교황이 된 뒤 처음으로 맞이한 생일이었던 2013년 12월 17일, 그가 아침 식사에 초대한 것은 교황청 근처의 거리에서 잠을 자던 세 명의 노숙인과 그들 중 한 사람이 데리고 있던 개였을 정도였다.

하지만 전쟁과 내전의 와중에서 신음하는 아프리카의 난민과 성적 향락의 도구로 전락해 팔려 가는 소녀들의 문제에 대해 그는 그 이상의 각별한 관심과 문제의식을 가지고 있었다. 질병과 가난이 일종의 초역사적인 현상이고 어느 정도는 불가항력적인 문제라면, 난민과 인신매매의 문제는 오늘날의 우리 사회가 만들어 낸 역사적이고 구조적인 현상이기에 같은 시대 같은 사회를 살아가는 이들에게 더 직접적인 책임이 있다는 차이점이 있기 때문이다. 따라서 가난하고 병든 이들과 함께하는 것이 그나마 그에게 즐거운 일이었다면, 외면 속에 죽어가는 난민들과 팔려 다니는 소녀들을 대면하는 것은 슬프고 분노를 자아내는 일이었다.

2012년 가을에는 시리아 정부가 민주화를 요구하던 시위대에게 마구 총을 쏘아 진압한 것이 발단이 되어 내전이 시작되었다. 그리고 미국, 러시아를 비롯한 몇몇 나라들이 각각 내전을 벌이던 양쪽의 편을 들면서 상황은 더욱 악화되었다. 2013년 가을까지 1년 사이에 무려 2만 여 명의 민간인이 목숨을 잃는 상황까지 이어졌다. 그뿐만 아니라, 미국과 러시아가 각각 시리아의 도시들을 폭격할 계획을 세우는 급박한 상황이 벌어지기도 했다. 그때 프란치스코 교황은 10만여 명의 신도들과 함께 무력 사용에 반대하는 철야 기도회를 벌였고, 그런 노력 끝에 결국 대대적인 폭격만은 막아낼 수 있었다. 그리고 2014년 6월에는 바티칸 야외 정원에서 평화를 위한 기도회를 열고 반세기가 넘도록 대립해 온 이스라엘의 시몬 페레즈 대통령과 팔레스타인의 아무드 아바스 수반을 초대해 만나게 함으로써 오랜만에 중동 지역에 평화의 분위기를 만들어 내기도 했다. 전쟁과 내전으로부터 수많은 사람들의 생명을 구해 내는 일은 다른 모든 것에 앞서서 교회와 종교가 해야 할 중요한 일이었고, 바로 프란치스코 교황이 가장 앞선 순위를 두고 노력하는 일이었다.

프란치스코 교황은 이렇게 우리 사회가 만들어 내는 부끄럽고 끔찍한 문제들에 대해 알고, 함께 행동해 주기를 요구했다.

2013년 11월 24일에 교황청 홈페이지에 게재한 200페이지가 넘는 '권고문'은 그런 그의 목소리가 담긴 절절한 호소였다.

"오늘날 인류는 수많은 분야에서 획기적인 성취를 이루고 있습니다. 하지만 동시에 많은 사람들이 하루하루 연명하기도 힘든 끔찍한 현실에 처해 있다는 것도 명심해야 합니다. 여러 가지 질병들이 창궐하고, 많은 사람들이 공포와 절망에 시달리고 있습니다. 타인에 대한 존중은 사라지고 폭력이 늘어나고 있습니다. 그리고 불평등은 갈수록 뚜렷해지고 있습니다. 그래서 최소한의 존엄성도 지켜 내지 못하는 이들의 생존 투쟁이 벌어지고 있습니다.

'살인하지 말라.'라는 십계명이 인간의 생명을 지키기 위한 분명한 명령이었던 것처럼, 오늘날 배제와 불평등의 경제도 우리는 분명히 거부해야 합니다. 이런 경제는 사람을 죽이고 있기 때문입니다. 뉴스에는 주가 지수가 2포인트 떨어졌다는 소식은 나오지만 늙고 가난한 사람이 노숙을 하다가 죽었다는 소식은 나오지 않습니다. 어떻게 이럴 수가 있습니까?

어떻게 사람들이 굶어 죽어가고 있는데 다른 한 쪽에서는 음식이 버려지는 상황을 계속 지켜만 보고 있을 수 있습니까?

이것은 배제의 사회이며 불평등의 사회입니다. 오늘날 경쟁과 적자생존의 법칙에 의해 모든 것이 지배되고 있습니다. 힘 있는 사람이 힘없는 사람을 착취하면서 많은 사람들이 배제되고 비참한 상태로 떨어지고 있습니다. 그들은 일자리도 없고, 미래도 없고, 그것으로부터 벗어날 수단도 없습니다.

이런 상황에서도 여전히 낙수 효과를 이야기하는 이들이 있습니다. 낙수 효과란 자유 시장 체제에서 경제 성장을 계속하면 세상에 더 큰 정의와 통합을 가져오는 성공적인 효과가 발휘된다는 가설입니다. 이 가설은 사실로 확인된 적이 없습니다. 이 가설은 경제적 지배 권력의 선의와 지배적인 경제 체제의 신성화 작업에 대한 막연하고 순진한 신뢰를 표현한 것일 뿐입니다.

하지만 현실에서는 경제가 성장할수록 다른 사람들을 배제하는 삶의 양식과 이기적인 이상에 대한 열정을 유지하기 위한 무관심만이 전 세계로 확산됐습니다. 자신도 모르는 사이에 우리는 가난한 사람들의 울부짖음에 대해 고통을 함께 느끼고, 다른 사람들의 고통을 슬퍼하고, 그들을 도와야 한다고 느끼는 능력을 상실하는 지경에 이르고 있습니다.

이런 상황이 초래된 원인 중 하나는 우리와 돈의 관계에 있습니다. 우리는 돈이 우리 자신과 우리 사회를 지배하는 현실을 순순히 받아들이고 있습니다. 인간이 스스로 주인임을 포기한 것이 오늘날 위기의 근원입니다. 우리는 새로운 우상들을 창조했습니다. 출애굽기에 나오는 황금 송아지에 대한 숭배가 돈이라는 우상과 비인격적인 돈의 독재라는 새롭고 잔인한 형태로 변신한 것입니다. (중략)

윤리는 균형 있고 좀 더 인간적인 사회 질서를 만들 수 있습니다. 이런 점에서 나는 경제 전문가와 정치 지도자들이 '자신의 재산을 가난한 사람들과 나누지 않는 것은 그들에게서 훔친 것이며 그들의 삶을 빼앗는 것이다. 우리가 가진 재산은 내 것이 아니라 그들의 것이다.'라고 했던 옛 현인(성 프란치스코)의 말씀을 심사숙고해 주길 바랍니다. 그리고 정치 지도자들에게 결연한 의지와 미래에 대한 통찰을 갖고 이 도전에 나서 달라고 촉구합니다. 돈은 봉사의 수단이지 지배자가 되어서는 결코 안 됩니다.

교황은 모든 사람들을 사랑합니다. 그가 부자이건 가난한 자이건 똑같이 사랑합니다. 하지만 교황은 그리스도의 이름으로 부자들이 가난한 사람들을 반드시 돕고, 존중하고, 격려해야 한다는 점을 일깨울 의무가 있습니다.

나는 그들에게 관대한 연대와 인간을 위한 윤리에 바탕을
둔 경제와 정치로 돌아올 것을 권고합니다."

— 〈권고문〉 중에서

이 권고문은 세계적인 반향을 일으켰다. 물론 공감과 동의와 동
참의 울림만이 되돌아온 것은 아니었다. '교황은 좌파다. 공산주
의자다.'라는 색칠과 비난도 적지 않았고, 종교의 본분을 벗어난
정치 문제 개입이라는 교회와 종교계 일각의 경계도 있었다. 특
히 여러 나라에서 가장 많은 돈과 권력을 쥐고 있는 이들은 다양
한 방법을 동원해 교황의 권고를 무시하거나 고립시키려고 노력
했다. 하지만 그보다 훨씬 많은 사람들은 그의 권고문이 이 시대
와 이 사회의 비극을 만들어 내는 원인이 무엇인지 가장 정확히
꿰뚫어 보고 있다는 것을 잘 알고 있었다. 그것은 단순하지만,
그동안 어느 경제학자와 사회학자, 혹은 정치가도 그렇게 많은
사람들에게 전해 주지는 못했던, 중요하고도 강렬한 인식이었다.

14

변화를 이끄는 리더

나이가 많다는 점에서, 그리고 여러 모로 온건한 성품의 소유자라는 점에서, 그리고 무엇보다도 그동안 한 번도 교회의 기존 질서에 대해 비판하거나 문제 제기를 해 본 적이 없다는 점에서 프란치스코 교황이 바티칸 개혁에 적절한 인물은 아닐 거라는 지적은 그가 교황으로 당선된 직후부터 교회 안팎에서 꾸준히 제기되어 왔다. 물론 그것은 바티칸 교황청과 천주교회가 강도 높은 개혁을 필요로 하고 있다는 공감대가 널리 퍼져 있다는 점을 전제로 하는 것이기도 하다.

경제가 돈의 힘에 의해, 정치가 대중을 동원할 수 있는 능력에 의해 움직인다면 종교는 도덕적 신뢰 위에서만 사회와 대중에게 영향력을 미칠 수 있다. 그런 점에서 지난 몇 년 사이에 의혹의 형태로 제기되기도 하고 그중 일부는 사실로 드러나기도 했던 천주교 고위 성직자와 바티칸 관리들의 비리와 사생활에 관한 문제들은 교회 전체를 위기로 몰아넣었다고 해도 지나친 말이 아닐 것이다. 그 밖의 사람들에 대한 영향력을 떨어뜨리고 선교를 어렵게 만들었을 뿐만 아니라 그 안에서 일하는 사람들의 의욕도 크게 떨어뜨렸기 때문이다.

2012년에 불거진 '바티리크스 스캔들'은 교황청의 고위 성직자와 관료들에 대한, 누적되어오긴 했지만 그 동안 누구도 쉽게 표출하지 못했던 불신을 폭발시킨 계기가 됐다. '바티리크스'란 언론이 '바티칸'과 '위키리크스(전 세계 여러 나라 정부와 기업들의 비윤리적인 행위들에 관한 비밀문서들을 폭로해 온 것으로 유명한 고발 전문 웹 사이트)'를 합성해서 만든 신조어인데, 교황 베네딕토 16세의 개인 비서였던 파울로 가브리엘레가 교황청의 비밀문서들을 이탈리아 언론에 공개하면서 시작된 폭로와 의혹 제기들을 가리킨다.

추기경이나 대주교가 교황에게 보낸 편지 등이 포함된 그 비밀문서들 속에는, 확정적인 증거라고 할 수는 없지만 교황청 고위 성직자와 관료들이 저지른 부패와 비위에 관한 언급들이 많이 포함되어 있었다. 그리고 교황청은 그 비밀문서들이 언론에 보도되자마자 그 내용이 실제로는 근거 없는 것이라며 반박하긴 했지만, 그것이 적나라하게 세상 앞에 공개되고 사람들에게 실제로 그랬을 수도 있겠다는 생각을 심은 그 자체만으로도 교황청의 신뢰와 권위는 상당히 손상받을 수밖에 없었다. 그것은 교회에 반대하는 세력들에게는 좋은 공격의 소재가 되었으며, 교회 안의 사람들에게도 적지 않은 마음의 상처를 주는 일이었다. 하지만 어쨌든 중요한 것은, 그 의혹들의 대부분이 사실이라는 증거도 분명치는 않았지만 사실일 가능성도 상당히 있다는 점을 부정할 수도 없게 만들었다는 점이다. 그것이 사실이라면 확실히 발본색원함으로써 부정적인 역사와 단절하는 것, 그리고 사실이건 아니건 그런 종류의 부패와 비위가 다시는 되풀이되지 않을 수 있게끔 대책을 마련하는 것은 새 교황에게 주어진 중요한 과제 중의 하나라고 할 수 있었다.

즉위한 지 한 달 만인 2013년 4월 13일에 프란치스코 교황은 각 대륙을 대표하는 이탈리아와 독일(유럽), 미국(북미), 칠레와 온두라스(남미), 인도(아시아), 콩고(아프리카), 오스트레일리아(오세아니아) 출신의 추기경 8인으로 구성된 자문단을 만들었다. 교황청 각 부서와 조직의 업무에 관한 규칙들을 정리한 일종의 행정법인 '착한 목자'라는 문서를 수정하는 일을 추진하기 위해서였다. 하지만 그것은 실제로는 교황청의 전반적 개혁의 밑그림을 그리고 그것을 추진할 힘을 만들어 내기 위한 조직이었다. 교황 요한 바오로 2세 시절이던 1988년 이후 한 번도 수정되지 않은 낡은 법령을 각 대륙의 대표성을 가진 자문단과의 협업을 통해 수정한다는 명분으로, 조직 곳곳에 도사리고 있을지 모를 구습과 기득권들을 일소하고 새출발을 하기 위한 조치였던 것이다.

또한 그해 겨울에는 60억 유로(약 8조7000억 원)가 넘는 거액의 자산을 운용하고 있으면서도 거의 외부로 공개된 것이 없는 폐쇄적인 운영을 해온 탓에 범죄 조직의 자금 세탁 통로로 활용되고 있다는 의혹까지 사고 있던 바티칸 은행의 투명성을 높이기 위해 미국 재무부 산하 '금융 범죄 단속네트워크' 뿐만 아니라 벨기에, 스페인, 슬로베니아의 금융 당국들과 의심스러운 금융 거래 기록을 공유하기로 하고 양해 각서를 체결하기도 했다. 그리고 바티칸 은행 뿐만 아니라 방송국, 인쇄소 등 교황청에 소속된 여러 조직과 부문들을 정확히 진단하고 개혁하기 위해 외부 컨설팅 기업들과 계약을 맺기도 했다. 그것은 교황청 내부를 진단하고 개선 방안을 마련하는 작업을 외부에 맡긴, 이례적이고 강도 높은 조치였다. 소통을 확대하고 비용을 절감하는 한편, 투명성을 높이는 것이 그 모든 과정에서 가장 중요한 고려 사항이었음은 물론이다.

이듬해인 2014년에 들어서도 조직 개혁을 위한 작업은 계속됐다. 2월에는 한 해 전에 조직된 자문단을 구성하는 8명의 추기경에 더해 7명의 재무 전문가들을 결합시켜 모두 15명의 위원으로 구성한 경제 사무국을 창설하기도 했다. 그 기구는 교황청의 재무, 행정, 인사, 조달 등 돈의 흐름과 연관된 모든 조직과 일을 감독하는 역할을 담당한다. 프란치스코 교황은 그것 역시 관리를 효율화하고 감독을 강화해 내부 통제와 투명성을 높이기 위한 조치라는 점을 분명히 했다. 그리고 그렇게 투명화하고 효율화된 조직과 관리를 통해 '가난한 이들을 위한 지원을 늘릴 수 있을 것'이라는 기대도 숨기지 않았다.

물론 교황청을 향한 의혹의 시선이 모두 돈에 관련된 것만은 아니었다. 성직자들의 성적 비행을 비롯한 부도덕한 사생활에 관한 의혹 역시 꾸준히 제기되며 교회와 교황청을 곤혹스럽게 해 왔다. 2013년 7월에 프란치스코 교황은 전 세계 천주교회를 이끄는 종교 조직인 동시에 교황청 주변 건물들과 토지, 성직자와 관리 등으로 구성된, 면적 0.44제곱킬로미터, 인구 천여 명의 초소형 독립 주권 국가인 '바티칸 시국'의 형법 개정안을 승인해 최종 서명했다. 성직자를 포함해 교황청과 외국의 외교 공관에서 일하는 모든 이들에게 적용될 그 개정 형법에는 아동 인신매매, 아동 성매매, 아동 포르노물 소지, 청소년 성범죄 등을 일반 범죄로부터 분리해 처벌을 강화한 내용들이 담겨 있었다.

2014년 5월 2일에 열린 경제 사무국 첫 회의에서 교황은 이렇게 말했다.

"바티칸의 여러 행정 조직들이 모두 선교를 위한 서비스를 한다는 새로운 마음가짐을 가지고 개혁을 해 나가야 합니다. 하지만 개혁은 쉽지 않습니다. 따라서 지금 우리에게는 신중함과, 교회에 대한 충성에 기초한 용기와 결단이 필요합니다."

8인 자문회의에서 프란치스코 교황을 도와 함께 일하고 있는 온두라스 출신의 로드리게스 마라디아가 추기경은 언론인들에게 개혁 작업에 대해 이렇게 전하기도 했다.

"프란치스코 교황은 교회를 새로 태어나게 하려고 노력하고 있습니다. 하지만 그 과정은 아직은 쉽지 않습니다. 마치 아시시의 성인 프란치스코가 바티칸 행정 조직 때문에 어려움을 겪은 것과 비슷하다고 할 수 있습니다."

사실 프란치스코 교황은 15년 전, 부에노스아이레스 대교구장 시절에도 취임하자마자 여러 은행에 분산해서 예치하던 대교구의 자산을 모두 인출한 뒤 국제 은행의 일반 계좌에 넣어 투명하게 관리하게끔 만든 적이 있었다. 밖으로 드러나지 않는 돈은 누군가에게 유혹이 되고 죄의 씨앗이 될 수 있다는 점을 그는 늘 경계했던 것이다.

언제나 개혁은 쉽지 않다. 그것은 종교적 신념이라는 공감대를 바탕 삼아 일하는 교황청에서도 예외는 아니다. 거대한 구조적인 악이나 기득권 세력의 방해 공작이 있어서일 수도 있지만, 꼭 그렇지 않더라도 인간은 관성대로 생각하고 움직이기를 좋아하는 존재이기 때문이다. 그리고 변화에 대해서는 근본적인 거부감을 가진 존재이기 때문이다. 하지만 프란치스코 교황은 개혁에는 손도 대지 못할 것이라는 우려와, 외부의 시선에 등 떠밀린 개혁이라는 미명 하에 안정화된 좋은 관습들까지 흔들어 놓을지도 모른다는 우려를 동시에 불식시키며 비교적 순조로운 개혁의 첫발을 성공적으로 내딛고 있다. 과감하고 투명한 개혁을 통해 하느님의 뜻을 구현해 보여야만 교회가 세상 속에서 신뢰를 얻을 수 있으며, 극소수의 일탈과 무관하게 묵묵히 일해 온 수많은 교황청 일꾼들의 의욕도 끌어올릴 수 있을 것이다. 교황은 이러한 분명한 목적 의식을 가지고, 또한 그동안 낮은 곳에서 소통하고 솔선수범하며 이끌어낸 광범위한 지지의 힘을 바탕으로 이 일을 진행하고 있는 것이다.

15

프란치스코, 그리고 프란치스코

1999년, 새 천 년의 첫 해를 앞두고 세계적인 권위를 자랑하는 미국의 시사 주간지 〈타임 TIME〉은 지난 천 년 사이에 살았던 가장 중요한 인물 10명을 꼽은 적이 있다. 과학과 기술의 힘으로 여러 영역에서 발전의 발판을 놓은 갈릴레이, 아인슈타인, 구텐베르그. 예술의 힘으로 인류에게 새로운 인식과 감각을 일깨워준 모차르트, 미켈란젤로, 셰익스피어. 그리고 한 발 앞선 용기와 결단과 행동을 통해 인간의 사회적 활동의 영역을 확장한 콜럼버스와 제퍼슨. 거기에 더해 인간의 정신세계에 획기적인 변혁을 가져온 두 명의 종교계 인물이 그 주인공들이었다. 그 두 명의 종교계 인물 중 한 사람은 종교개혁을 통해 교회뿐만 아니라 유럽의 정치와 국제 관계를 뒤흔들어 놓은 마르틴 루터였고, 또 한 명이 이탈리아의 작은 도시 아시시에서 스스로 가난을 택하고 나환자, 빈민, 동물들과 함께하며 맨몸으로 성전을 수리했던 프란치스코라는 수도자였다. 종교가 인간 위에 군림하던 시대에 태어나 이웃과 함께하며 돕고 나누고 위로하는 시대를 연 선각자였다는 점을 높이 산 선정이었다.

그런가하면 2013년에는 그 〈타임〉지가 선정한 '올해의 인물'로 또다시 프란치스코라는 이름이 등장하게 된다. 바로 그해 교황의 자리에 오른 뒤 가난한 이들의 벗 프란치스코를 닮겠다는 의지로 이름까지 물려받은 아르헨티나 출신의 호르헤 베르고글리오 신부였다. 〈타임〉지가 그를 '올해의 인물'로 선정한 것은 청빈한 태도와 자비로운 모습으로 치유하는 교회의 상을 제시하며 새로운 종교 지도자의 상을 보여주었다는 이유에서였다. 그역시 약한 자보다는 강한 자의 편에 서서 관성에 휩쓸려 가던 종교와 사회 지도자들에게 새로운 방향을 제시해 주었다는 점에서 큰 의미를 인정받은 것이었다. 2014년 초, 역시 세계적인 영향력을 자랑하는 미국의 경제 주간지 〈포천〉은 미국, 러시아, 중국 등의 정상을 모두 제치고 프란치스코 교황을 '세계에서 가장 영향력 있는 인물 1위'로 선정하기도 했다. 역시 본질적으로 다르지 않은 이유에서였다.

아시시의 프란치스코를 성인으로 받들고, 부에노스아이레스의 프란치스코를 교황으로 모시는 천주교 신자들이 그 두 사람의 의미와 중요성을 인정하는 것은 어쩌면 당연한 일일 수 있다. 하지만 종교계를 넘어 지난 천 년의 역사와 오늘날의 세계 전체를 통틀어서 그 두 사람을 가장 중요한 인물로 꼽는 데는 특별한 이유가 있다고 봐야 한다. 아마도 그것은 그들이 시대와 종교를 초월해 우리 사회가 마땅히 공유하고 또 더욱 발전시켜 나가야 할 기본적이면서도 궁극적인 가치인 '인간에 대한 존중'을 가장 구체적이고도 분명하게 제시하고 구현한 이들이기 때문일 것이다.

악한 현실을 대면하며 선한 세계로 바꾸어 갈 방법을 꿈꾸는 이들이 늘 마주하며 갈등하게 되는 문제가 있다. 현실의 악을 이기기 위해 악한 방법을 사용하는 것은 과연 불가피하거나 정당한 것인가에 관한 물음이다. 그 문제를 두고 비타협적인 투쟁과 물리력을 동원한 잔인한 절멸마저도 선한 목적을 위한 것이라면 선한 것으로 인정해야 한다는 이들도 있지만, 정당한 목적이 수

단까지 정당화해 주지는 않는다며 고개를 젓는 이들도 있다. 전자가 후자를 몽상가라고 비웃고, 후자가 전자를 또 다른 모습의 악인일 뿐이라고 비판하는 평행선은 수천 년의 역사를 관통해 오늘날에 이르고 있다.

물론 그것은 교회의 역사 안에서도 예외는 아니었다. 하느님의 뜻을 따르지 않는 이들을 모두 없애 버리겠다며 십자군 전쟁을 일으키고 마녀사냥, 종교 재판을 열어 수많은 사람들을 희생시킨 중세 교회의 많은 지도자들이 전자에 해당한다면, 자신을 스스로 버리고 낮추면서 세상을 바꾸려고 했던 성자 프란치스코는 후자에 속할 것이다. 하지만 문제는 자신이 선이고 상대가 악이라고 굳게 믿었던 것들이 오랜 세월을 지나고 보면 다르게 보이고 반대로 평가되는 일도 종종 생긴다는 점이다. 더 신중하고, 더 겸손하고, 더 서로를 이해하며 존중하려는 자세가 필요한 이유다. (2000년 3월 5일, 교황 요한 바오로 2세는 '회상과 화해 : 교회의 과거 범죄'라는 선언을 통해 십자군 전쟁, 중세 마녀사냥을 비롯한 잔인한 종교 재판과 고문들, 신대륙 원주민이나 유대인에 대한 탄압과 방조 등 과거에 교회가 저질렀던 잘못들에 대해 인정하고 고백하고 사죄했다.)

그런 점에서 두 명의 프란치스코는, 종교 외적으로 볼 때 만델라와 같은 계열에 놓고 논할 수 있는 인물이라고도 할 수 있다.

남아프리카공화국 백인 지배자들의 끔찍한 흑백 분리 정책과 흑인 탄압에 맞서 저항하다가 26년간이나 감옥에 갇혔던 만델라는, 석방되고 대통령에 당선되어 권력을 쥔 뒤에도 백인들을 철저한 복수의 대상으로 삼는 대신 '진실과 화해'라는 이름으로 포용하는 길을 택했다. 그는 인종 간 갈등에 대한 가장 근본적인 해결의 모델을 제시한 인물이다. 그가 두 명의 프란치스코와 닮았다고 하는 이유는, 아시시의 프란치스코와 교황 프란치스코 모두 누군가를 훈계하고 징계하고 강권하는 대신 품고 보듬고 직접 실행하면서 사람과 세상을 변화시킨 이들이기 때문이다.

지금 교황 프란치스코는 교회 안에서 자비와 겸손, 그리고 개혁의 상징이라는 두 얼굴로 받아들여지고 있다. 하지만 그 두 얼굴이 이어지는 지점이 있다. 그가 강하게 추진하고 있는 개혁이 부정과 잘못을 바로잡기 위한 것에 그치지 않고 있다는 점이다.

교황에 즉위한 얼마 뒤인 2013년 12월 17일에 주교 선출을 주관하던 추기경단에서 미국 출신의 레이먼드 버크 추기경을 해임한 것은 바티칸 안팎에서 놀라운 사건으로 받아들여졌다. 온건하고 원만한 프란치스코 교황이 해임이라는 강경한 조치를 취한 것이 많은 사람들의 예상 밖의 일이었기 때문이다. 그런데 더 놀라운 것은 레이먼드 버크 추기경이 특별한 부정이나 부패를 저지르거나 부도덕한 행동을 한 적이 없었다는 점이다.

프란치스코 교황은 예컨대 교회에서 금하는 동성애에 대해 동조한 적은 한 번도 없었다. 하지만 그렇다고 해서 동성애자를 교회가 단죄하고 배제해야 한다고 생각하지는 않았다. 그는 즉위 직후에 예수회 신문과 했던 첫 번째 인터뷰에서 이렇게 이야기한 적이 있었다.

"하느님께서 동성애자들을 본다면 그 존재를 인정하겠습니까, 아니면 거부하거나 비난하시겠습니까? 만일 동성애자가 선한 의지를 갖고 신을 찾는다면, 내가 어떻게 그를 심판할 수 있겠습니까? 우리는 이제 자비를 갖고 그들과 함께할 필요가 있습니다."

하지만 보수적인 관점을 가진 교회 일각의 신자들, 그리고 일부의 성직자들은 전통적인 교리가 금하는 것에 대해 교회가 단호한 입장을 가지는 것이 중요하다고 여전히 주장하고 있다. 레이먼드 버크 추기경은 그런 입장을 가진 대표적인 성직자였고, 언론과의 인터뷰에서 동성애자들에 대해 온정적인 시선을 드러내는 교황에 대해 공개적으로 비판한 적도 있었다.

결국 그런 레이먼드 버크 추기경을 교황청의 중책을 맡는 자리에서 해임한 것은, 프란치스코 교황이 교회가 해야 할 일에 대해 분명한 생각을 가지고 있고, 그것을 가로막는 이들과는 함께 일하지 않겠다는 단호한 태도를 드러낸 일이었다. 즉, 교황은 이전까지 '하느님의 뜻을 기준으로 사람들을 심판하는 곳'이기도 했던 교회가 이제는 '모든 사람들을 위한 열린 집'이어야 한다는 생각을 모든 성직자와 교인, 그리고 세상 사람들 앞에 선포한 셈이었다.

교황 프란치스코는 얼마 전에도 이렇게 말한 적이 있다.

"교회 안에는 두 개의 진영이 있습니다. 하나는 불의에 의해 허망하게 죽임을 당한 그리스도인이나 가난한 이웃을 돕고 봉사하는 그리스도인들입니다. 그리고 다른 하나는 자신들만이 천국을 건설하고 지켜 낸다는 자만으로 가득 찬 그리스도인 압제자들입니다. 정의를 세우기 위해서는 상대를 처단하지 않고, 미워하지 않고, 증오하지 않아야 합니다. 그러기 위해 진정 화해하려는 모든 사람들의 열정이 한데 뭉쳐야 합니다."

교황 프란치스코는 사랑의 반대말이 미움보다도 오히려 자만이라고 말하곤 한다. 그리고 그것이 어떤 악이든, 상대에 대한 미움과 증오와 처단의 의지 이전에 화해하려는 열정을 통해 극복할 수 있다고 말한다. 그것은 아시시의 프란치스코 역시 늘 강조하던 삶의 태도이며, 두 명의 프란치스코가 공통적으로 따라가려고 했던 또 한 사람, 예수 그리스도의 뜻이기도 하다. 아시시의 프란치스코가 이해한 예수의 뜻은 이러한 것이었기 때문이다.

"하느님의 눈에 다른 모든 것보다 더 중요하게 여겨지는 문제가 하나 있는데, 바로 지혜 그 자체이신 하느님의 외아들이 영혼을 구하기 위해 성부의 품을 떠나 내려오셨다는 사실입니다. 그분은 당신 자신의 모범을 보여줌으로써 세상을 가르치길 원하셨으며, 당신의 피로써 그들을 깨끗이 씻겨 주시고, 또 당신의 귀한 피의 대가로 구원한 사람들에게 구원의 메시지를 가져다주길 원하셨습니다."

악을 대면하며 칼을 들어야 하는지, 아니면 두 팔을 벌려야 하는지는 여전히 우리를 고민하게 한다. 하지만 악한 세상과 대결하기 위해 군대를 이끌고 내려오는 대신, 인간의 모습으로 태어나 끔찍한 십자가형의 제물로 피를 흘리는 것이 예수의 방식이었다

면, 그를 따르는 이들이 걸어야 할 길 역시 강하고 빛나고 풍요로운 것일 수는 없다는 생각을 하게 된다.

예수 닮는 길을 생각하고, 또 점점 더 악하고 잔인해지는 세상을 이겨나갈 길을 고민하며, 온갖 사랑이라는 말에 결부된 진실과 허위와 빛과 어둠 사이에서 방황하는 많은 이들에게 두 프란치스코의 삶은 좋은 실마리가 될 수 있을 것이다.

그래서 아마도 우리는 사랑받기 위해 태어난 것보다는 사랑하기 위해 태어난 이들인지도 모른다. 저마다 사랑받기 위해 버티고 발버둥치는 곳에서라면 사랑받을 수 있는 이들과 그렇지 못한 이들이 나뉠 수밖에 없겠지만, 먼저 사랑하겠노라는 사람들로 이루어진 곳에서라면 미처 사랑받지 못하는 사람이 아무도 없게 될 것이기 때문이다.

'너희는 내가 배고플 때 음식을 주었고,

목마를 때 마실 것을 주었으며,

헐벗었을 때 옷을 주고, 아플 때 돌보아 주었다.'

'가난한 자에게 베푸는 것이 나에게 베푸는 것이다.'

사진 제공 및 저작권자
Getty Images/멀티비츠(2~7, 14~15, 17~21쪽), Christopher John SSF(13쪽)

프란치스코와 프란치스코

© 김은식, 이윤엽 2014

2014년 7월 30일 초판 1쇄 발행

지은이 | 김은식
그린이 | 이윤엽
펴낸이 | 이상규
편집인 | 김훈태
책임편집 | 이의진
디자인 | 민혜원
펴낸곳 | 이상한도서관(이상미디어)
등록번호 | 209-06-98501
등록일자 | 2008.09.30
주소 | 서울시 성북구 하월곡동 196
대표전화 | 02-913-8888
팩스 | 02-913-7711
e-mail | leesangbooks@gmail.com

ISBN 978-89-94478-43-2 03810